Bernhard Hagemann
Das Pizza-Orakel

Bernhard Hagemann, 1956 in Bad Reichenhall geboren, wuchs im Chiemgau auf. Nach kurzen Assistenzen bei verschiedenen Fotografen arbeitet er seit 1982 als freischaffender Fotograf. Seit 1992 schreibt er Kinder- und Jugendbücher. Er lebt mit seiner Familie in der Nähe von München. Weitere Titel von Bernhard Hagemann: siehe Seite 4

Philip Waechter, 1968 in Frankfurt geboren, studierte Kommunikationsdesign an der Fachhochschule in Mainz. Seither hat er zahlreiche Bilder- und Kinderbücher illustriert. Philip Waechter lebt in Frankfurt und arbeitet in der Ateliergemeinschaft labor.
(www. laborproben.de)

Bernhard Hagemann

Das Pizza-Orakel

Kinderkrimi

Mit Vignetten von Philip Waechter

Deutscher Taschenbuch Verlag

Von Bernhard Hagemann sind außerdem
bei dtv junior lieferbar:
Bert und die fliegende Jacke, dtv junior 70606
Johnny Schweigsam, dtv junior 70668
Jakob und Mara, dtv pocket 78185

Originalausgabe
In neuer Rechtschreibung
September 2003
Deutscher Taschenbuch Verlag GmbH & Co. KG, München
www.dtvjunior.de
Umschlagkonzept: Balk & Brumshagen
Umschlagbild: Philip Waechter
Gesetzt aus der Plantin 12/15'
Gesamtherstellung: Kösel, Kempten
Printed in Germany · ISBN 3-423-70794-1

Wir saßen am Ufer auf den rund gewaschenen Steinen und schauten auf die Insel im Fluss. Simon und ich die Füße im kühlen Wasser. Es war ein heißer Sommertag und die Hitze so viel besser zu ertragen. Wir griffen neben uns nach Steinen und warfen sie ohne Sinn. Sie schlugen kleine Wellen, die von der Strömung fortgetragen wurden.

»Jetzt hab ich's«, rief hinter uns Lara. »Kaleidoskop!«

Laras Beschäftigung war im Augenblick die Suche nach einem Namen für ihre Clique. Ihre Clique, das waren Simon und ich. Bisschen wenig, wenn man mich fragt, aber was soll's.

Ich kannte Lara und wusste, wie wichtig wir ihr

waren. Lara war sehr anhänglich und eigentlich waren wir ihre Geschwister, ihre Brüder. Jedenfalls sagte sie das immer.

Fratelli!

›Fratelli‹, das ist Italienisch und heißt Brüder.

Lara bedauerte, dass sie nur eine jüngere Schwester hatte. Als waschechte Italienerin meinte sie, dass sie Brüder bräuchte, die sie beschützten. So wie ihre Cousine Carla in Florenz. Die hätte gleich drei davon und bräuchte sich vor nichts und niemandem zu fürchten.

Laras Eltern gehörte das ›Bella Sardegna‹, die beste Pizzeria bei uns im Ort, und Simon und ich gingen dort schon seit einiger Zeit ein und aus, als wäre es unser zweites Zuhause. Es gab Wochen, da verzehrte jeder von uns täglich eine Pizza ohne zu bezahlen. Oft drängte Lara sie uns regelrecht auf. Und wer kann bei Pizza schon Nein sagen!

»Kaleidoskop! Das heißt so was Ähnliches wie Schönheit durch Bewegung!«, schwärmte Lara. »Das habe ich mal gelesen. Das passt doch zu uns, findet ihr nicht?«

»Wüsste nicht, was sich bei uns bewegen sollte«, sagte Simon.

»Und dabei auch noch schön wird!«, fügte ich hinzu.

Langeweile!

Die war es, die uns wieder mal plagte.

Zwar waren wir unten an der Flusskurve, unserem Lieblingsort, aber irgendwie war heute Nachmittag der Wurm drin.

»Das Einzige, was in Bewegung ist, ist das Wasser«, sagte Simon. »Und das langweilt, weil es kein Meer ist, sondern bloß dieser langweilige Fluss!«

Simon war mein bester Freund und er kannte die Flussgegend so gut wie kein anderer. Er wohnte in der Siedlung am Waldrand. Von hier aus das Ufer hoch, quer durch den Wald und dann gleich die ersten Häuser. Da lebte er mit seiner Mutter und seiner älteren Schwester.

Simon war so etwas wie ein Wahnsinniger. Im guten Sinne natürlich. Hatte so seine Eigenheiten, die einen hin und wieder an seinem Verstand zweifeln ließen. Oft ging mit ihm die Fantasie durch und er redete nur noch dummes Zeug. Andererseits wusste er sehr viel, denn er las ein Buch nach dem anderen. Für ihn allein schon lohnte sich unsere Stadtbibliothek.

»Ach ihr!«, stöhnte Lara. »Weil ihr immer nur rumsitzt und Steine schmeißt! Wenn wir Kaleidoskop heißen, wird das anders, ihr werdet sehen. Dann kommt ganz von allein Bewegung in unser Leben.«

Hinter mir hörte ich ihre Schritte auf den Steinen und gleich darauf setzte sie sich zu uns ans Wasser.

»Was meint ihr?«, fragte sie.

»Kaleidoskop!«, sagte Simon. »Das hört sich an wie ein Schraubenschlüssel in der Waschmaschine. So eckig und kantig.«

»Oder wie eine Glasscherbe im Hamburger«, sagte ich.

»Das ist ein poetischer Name für eine Jugendclique!«, meinte Lara. »Eine Drehung und alles wird bunt.«

Simon neben mir durchfuhr plötzlich ein unvermuteter Energiestoß. Mit einem tiefen Atemzug stand er schwungvoll auf und streckte die Arme von sich.

»Na, dann probiere ich das doch mal aus«, sagte er und drehte sich um seine eigene Achse. »Ich drehe mich und was wird bunt?«

Aber weit kam er nicht – bei etwa fünfundvierzig Grad, als sein Blick auf den schmalen Waldpfad fiel, hielt er mit einem Mal inne.

»Oh, oh. Es gibt Ärger!« Er flüsterte beinahe.

Blitzschnell stand auch ich und folgte seinem Blick. Meine erste Vermutung täuschte mich nicht. In der letzten Zeit kamen sie öfter. Wie ein Rudel Wölfe, dessen Lebensraum bedroht war,

trieb es sie zu uns in die Flusskurve, wohin es sonst nie jemanden verschlug. Ihr Revier war bisher ein ganzes Stück flussabwärts gewesen und man verirrte sich besser nicht dorthin.

»Scheiße, die Schmittis!«, entfuhr es mir.

Die Schmittis! Eigentlich hießen nur zwei von ihnen Schmitt mit Nachnamen. Das waren die Brüder Georg und Martin Schmitt, Söhne vom Schuster im Ort. Trotzdem nannten wir auch ihre Freunde so – Sebastian, Felix und Stanko. Allesamt nicht zimperlich im Umgang mit Kleineren, was wir aus ihrer Sicht nämlich waren. Sie duldeten niemanden neben sich am Fluss, und wenn man ohne ein paar Tritte, Ohrfeigen oder sonstige Gesichtsmassage davonkam, hatte man Glück.

»Mir wird schon nichts passieren, ich hab ja euch!«

Neben mir stand jetzt Lara und reckte ihren Kopf über die Büsche.

Ich fand, sie faselte recht blauäugig daher. Denn weder Simon noch ich hatten Lust oder waren auch nur annähernd in der Lage, als ›Fratelli di Lara‹ unsere Beschützerrolle zu erfüllen, wenn es sich um die Schmittis handelte.

Deswegen schnappte ich jetzt Laras Hand und zog sie in Richtung Dschungel, der das einzig sichere Versteck hier bot.

Der Dschungel war ein Areal von dichten Büschen und Sträuchern in der Flussau. Nur ein schmaler Pfad schlängelte sich dort hindurch und führte auf eine Lichtung. Hin und wieder stieß man auf ein paar Nester, wo Enten und anderes Gefieder ihre Eier ausbrüteten.

»Was hab ich euch gesagt!«, flüsterte Lara und grinste übers ganze Gesicht. »Kaum heißen wir ›Kaleidoskop‹, kommt Bewegung in unser Leben!«

Wir duckten uns und hielten schützend die Arme vor unsere Gesichter, als wir in das Dickicht tauchten.

Zwei, drei Meter drangen wir in den Dschungel vor, kauerten uns hinter das schützende Laub und warteten ab, was passieren würde. Schlimmstenfalls kamen die Schmittis den Wald hinunter an unsere Flusskurve und zwangen uns dazu, den restlichen Nachmittag in den Büschen zu verbringen.

Schon hörten wir ihre Stimmen näher kommen. Sie lachten und ich hörte ein paar Bierflaschen aneinander schlagen.

Dann sah ich sie. Die Brüder vorneweg, dahinter die drei anderen. Zigarettenkippen in den Mundwinkeln, sprangen sie auf den groben Kies des Flussbettes und schlenderten zum Wasser, genau an die Stelle, an der wir eben noch gesessen hatten. Eigentlich unser heiliges Reich.

»Na toll!«, stieß neben mir Simon leise aus. »Das kann ja heiter werden. Die machen es sich bequem und wir hocken wie die Idioten in der Falle.«

»Ihr braucht sie nur zu vertreiben!«, flüsterte Lara.

»Gute Idee!«, sagte Simon. »Luis übernimmt die Brüder, den Stanko, den Felix und den Sebastianschwachkopftrottelidiot. Und ich erledige den Rest!«

»Der wäre?«, fragte Lara.

»Notarzt für Luis rufen!«

»Pschscht!«, machte ich und legte meinen Zeigefinger auf die Lippen. »Wir müssen sie ja nicht unbedingt auf uns aufmerksam machen!«

Drei von ihnen setzten sich auf die Steine, während die anderen beiden sich die Hosenbeine nach oben krempelten und unter lautem Aufjaulen durchs Wasser wateten.

»Saukalt!«, johlten sie.

Ein Stein flog ihnen vor die Füße und ließ eine kleine Fontäne aufsteigen. Die Hosen blieben nicht trocken.

»Hey, du Sau!«

Eine wildes Trampeln mit den Füßen und es wurde mit gleicher Münze heimgezahlt. Ich sah das Spritzwasser im Sonnenlicht glitzern. Die Jungs am Ufer sprangen zurück.

Die fünf hatten ihren Spaß, während wir im Gebüsch saßen und vor ihnen Angst hatten.

Aber wenigstens langweilten wir uns nicht mehr.

»Kommt, wir hauen wieder ab«, sagte einer von ihnen wenig später. »Keine Zwerge da zum Ärgern.«

Die ›Zwerge‹, das waren wohl wir, und wir konnten froh sein, dass wir unentdeckt blieben.

Tatsächlich zogen sie wieder ab. Sie wählten den Weg über die Insel ans andere Ufer. Mit hochgekrempelten Hosenbeinen durchquerten sie das Wasser – an der einzigen Stelle, an der es flach genug war –, erreichten die Insel und wateten von dort wieder durchs Wasser ans andere Ufer. Sie taten uns den Gefallen und waren dabei nicht leise, so dass wir uns nach dem Verklingen der Stimmen sicher sein konnten, dass sie auch wirklich fort waren.

»Die wollten uns ärgern! Habt ihr das gehört?«, sagte Lara, als wir wieder aus unserem Versteck gekrochen waren. In gespielter Empörung stemmte sie ihre Hände in die Hüften und hielt ihren Kopf schräg. »Wie find ich denn das? Die spinnen wohl!«

Simon und ich wollten uns schon wieder auf die Steine setzen, als Lara über unsere Köpfe hinweg zum Wald schaute.

»Schon wieder Besuch!«, stöhnte sie.

Simons und mein Kopf flogen gleichzeitig herum.

Da stapfte doch tatsächlich wieder jemand zum Fluss herunter.

»Was will denn der hier?«, fragte Simon. »Sucht der sein Büro?«

Und wirklich, es war ein Erwachsener, der weder einen Hund hatte noch aussah wie ein Wanderer, der die Gegend genoss. Er steckte in einem Anzug und hatte eine Krawatte um den Hals.

Natürlich witterten wir in dem Mann eine Gefahr, weil es so für uns spannender war. Also wieder zurück in die Büsche.

Anders als die Schmittis kam der Mann nicht bis zum Uferkies hinunter, sondern schlug sich auf dem schmalen Pfad direkt in den Dschungel.

Von unserem Platz aus konnten wir sehen, wie er bis zur Mitte der Lichtung ging und sich dort langsam im Kreis drehte. Prüfend blickte er sich um, dann schritt er die Wiese ab und hüpfte dabei hin und wieder auf seinen Zehenspitzen, als wollte er den Boden für irgendein Vorhaben testen.

Schließlich nickte er bedeutungsvoll mit dem Kopf und verschwand so schnell er gekommen war: Wieder den Pfad hoch in den Wald und weg war er.

Wir krochen ein zweites Mal aus dem Dickicht.

Diesmal aber nicht in Richtung Ufer, sondern zu der Lichtung hin.

»Was war das für ein Typ?«, fragte ich.

»Ein Bauunternehmer, der hier ein Hotel bauen will«, mutmaßte Simon mit einem Grinsen. »Swimmingpool, Tennisplatz, Sonnenschirme, Terrassenbar.«

»Blödsinn!«, sagte Lara.

»Oder, so wie der aussah, einer von der Bank, der hier eine Filiale eröffnen will. Flusssparkasse!«

»Simon! Krieg dich wieder ein«, sagte Lara.

»Hast du eine bessere Idee?«

»Der Mann war verdächtig!«, sagte Lara. »Vielleicht ein Verbrecher. Vielleicht ein Mörder, der hier eine Leiche vergraben will. So, wie der den Boden untersucht hat.«

»Mysteriös war es auf jeden Fall«, sagte ich.

»Ja«, sagte Lara. »Würde zu gerne wissen, was der hier wollte.«

Wir grübelten noch eine Weile darüber nach, dann wurde es für uns Zeit. Für Lara jedenfalls. Sie musste um halb sieben zu Hause sein, und bis wir bei unseren Rädern waren und in die Stadt kamen, das dauerte seine Zeit.

Am nächsten Nachmittag, nachdem wir unsere Hausaufgaben erledigt hatten, waren wir wieder zur Flussau unterwegs. Den Mann sahen wir gleich, als wir den Wald hinunterkamen.

»Was will der schon wieder hier?«, stutzte Simon und blieb vor uns stehen.

»Er gräbt!«, sagte Lara. »Ich hab's ja gesagt. Er vergräbt eine Leiche!«

»Und wo bitteschön ist die Leiche?«, fragte Simon.

»Noch nicht tot«, sagte ich.

»Dann ist es keine Leiche! Eine Leiche, die nicht tot ist, ist keine Leiche. Eine Leiche, die nicht tot ist, ist ein Mensch! Wo ist also der Mensch?«

»Welcher Mensch?«, fragte Lara.

»Der, der die Leiche werden soll!«

»Mann! Simon!«

Von hier oben war der Dschungel halbwegs zu überblicken. Jedenfalls hatte man eine gute Sicht auf die Lichtung, wo sich der Mann mit einem Spaten zu schaffen machte.

Lichtung war eigentlich nicht ganz richtig, denn auf dieser Fläche wuchsen die einzigen hohen Bäume dort unten, aber es waren nicht mehr als vier Buchen. Sonst wuchs nur Gras, und ein paar Baumstümpfe moderten vor sich hin. Im Vergleich zum Dschungel drum herum war das also schon eine Lichtung.

Der Mann stand zwischen aufgeschütteten Erdhaufen und war damit beschäftigt, neue zu produzieren.

Er schien konzentriert zu arbeiten, der Augenblick war günstig.

»Los, gehen wir runter, bevor er auf die Idee kommt, zu uns hochzuschauen!«, sagte ich und gab Simon vor mir einen Schubs. »Das wollen wir uns doch genauer ansehen, was der hier macht!«

Auf dem Weg hinunter in die Au kam kein Wort über unsere Lippen, und unsere Füße, die bei dem steilen Abhang sonst immer ins Rutschen gerieten, setzten wir jetzt vorsichtig einen vor den anderen.

Unten angekommen schlugen wir uns in den Dschungel und folgten dem Pfad bis zu der Stelle, wo man eine versteckte Abkürzung durchs Dickicht nehmen konnte.

Nach wenigen Metern schimmerte vor uns das sonnenbeschienene Grün der Wiese durchs dichte Laub und ich entdeckte die Umrisse einer Gestalt.

»Dort ist er!«, flüsterte ich. »Seht ihr?«

Wir duckten uns und beobachteten, wie der Fremde Schritt für Schritt den Boden mit seinem Spaten abtastete. Als prüfte er seine Festigkeit und wäre auf der Suche nach einer bestimmten Stelle. Dann trieb er den Spaten wiederholt mit einem heftigen Stoß in den Erdboden.

»Typisch Swimmingpoolbauer!«, flüsterte Simon und erntete einen Klaps auf den Hinterkopf. »Danke, Lara!«

Der Mann musste schon eine ganze Weile gegraben haben. Sein Hemd war verschwitzt und es waren nicht gerade wenig Löcher, die die Gegend zierten. Wie viele es genau waren, war von hier aus schwer abzuschätzen, aber so um die fünf, sechs werden es schon gewesen sein. Mit den aufgeschütteten Erdhaufen neben den Löchern sah die Wiese aus, als hätten sich dort ein paar riesenhafte Maulwürfe zu schaffen gemacht.

Irgendwann hörte der Mann auf zu graben,

stützte sich auf den Spaten und schüttelte missmutig den Kopf.

»Verfluchter Mist«, zischte er.

»Er sucht was!«, flüsterte Lara. »Er sucht etwas und findet es nicht!«

»Sieht so aus«, sagte ich. »Aber was könnte es sein?«

»Trüffel«, sagte Simon. »Das sind Pilze, die wachsen unter der Erde.«

»Trüffel sucht man mit Schweinen«, sagte Lara. »Mit Trüffelschweinen! Und man gräbt keine riesigen Löcher!«

Mit einem Mal sah der Fremde auf seine Armbanduhr, warf den Spaten über die Schulter, schnappte sich sein Jackett von einem Baumstumpf und verschwand nach der anderen Seite hin von der Lichtung.

»Los!«, flüsterte ich. »Hinterher!«

Geduckt arbeitete ich mich auf die Lichtung vor, hinter mir Lara und Simon. Wir überquerten die Wiese, tauchten auf der gegenüberliegenden Seite wieder in den Dschungel ein und hörten vor uns die knirschenden Schritte des Fremden auf dem Uferkies.

Am Rand des Dschungels blieben wir stehen und beobachteten, wie er sich die Hosenbeine nach oben krempelte. Danach überquerte er den

Fluss genau an der Stelle, an der das Wasser am seichtesten war. Wie gestern die Schmittis.

»Er geht auf die Insel rüber!«, flüsterte Lara.

Den Spaten in der Rechten, die Schuhe in der Linken erreichte er die Insel. Mit zielsicheren Schritten überquerte er sie, verschwand dabei kurz aus unserem Blickfeld und tauchte dann hinter der Insel im knietiefen Wasser wieder auf.

Dort den Fluss zu durchqueren war nicht einfach. Das Flussbett war an dieser Stelle schmaler und die Strömung viel stärker. Und das Wasser tiefer, bis auf eine schmale Furt von vielleicht fünfzig Zentimetern Breite. Dank ein paar riesiger Steine versank man hier nicht bis zu den Hüften.

Drüben angekommen stieg der Fremde ans Ufer, setzte sich auf den großen Felsen und zog seine Schuhe wieder an. Dann stand er auf und verschwand durch die Büsche.

»Der kennt sich hier aus!«, sagte Simon. »Wer dort den Fluss durchquert, der ist hier nicht zum ersten Mal.«

»Genau mein Gedanke!«, sagte ich.

»Und was schließen wir daraus!«, fragte Lara in wichtigem Tonfall und trat vor uns aus dem Dschungel. Tänzelnd bewegte sie sich über die Steine. Plötzlich drehte sie sich mit Schwung nach uns um.

»Na?«, fragte sie mit einem wissenden Grinsen, als hielte sie die Antwort darauf unter Verschluss.

»Was sollen wir daraus schließen?«, fragte ich.

»Das wirst du uns doch sicherlich gleich sagen«, meinte Simon.

Lara steckte die Hände in die Hosentaschen und hob ihre Schultern.

»Na, der kennt die Gegend!«, sagte sie.

»O Mann!«, stöhnte Simon. »Kann es sein, dass wir das gerade schon festgestellt haben?«

»Der kennt die Gegend, weil er aus der Gegend ist«, sagte Lara. »Und weil er vielleicht als Kind hier schon war. So wie wir. Das wäre doch möglich.«

Ich setzte mich auf die Steine und starrte aufs Wasser. »Das wäre möglich«, sagte ich.

»Und er sucht so was wie einen Schatz!«, sagte Lara. »Da gibt es doch wohl keinen Zweifel.«

Simon ließ einen Seufzer hören, nahm einen Stein und ließ ihn über das Wasser flippen.

»Was soll denn das für'n Schatz sein?«, fragte er. »Golddukaten? Der Schatz eines versunkenen Piratenschiffes, das hier mal vorbeigesegelt ist?«

»Jedenfalls hat er noch nicht gefunden, was er sucht«, sagte Lara. »Das war ihm ja wohl anzusehen. Also wird er wiederkommen. Wir brauchen nur hier unten zu warten. Capisci?«

Lara war ganz Feuer und Flamme. Ihr Gesicht

war vor Aufregung gerötet und sie sprach mit noch mehr Gesten als gewöhnlich. Schließlich war sie Italienerin.

Lara Pelutti.

»Hab ich euch zu viel versprochen? Kaum tragen wir den Namen Kaleidoskop, schon kommt Leben in unser Leben!«

Das Leben in unserem Leben war hauptsächlich Leben in Laras Leben. Simon und ich ließen uns bald schon wieder von der Langeweile überrollen.

Willenlos stapften wir Lara hinterher, die voller Energie den Uferhang zum Wald erklomm, wo oben unsere Räder standen.

Und ebenso brav folgten wir einer vor Leben sprühenden Lara, als wir den Waldweg entlangfuhren, der bald auf die Teerstraße stieß, auf der man entweder in den Ort hoch oder zur Kläranlage runter gelangte.

Kein Wunder also, dass Lara das Auto als Erste entdeckte. Gleich hinter der nächsten Kurve, kaum dass wir zwei Minuten mit den Rädern unterwegs waren. Ein schwarzer Passat Kombi mit Münchner Kennzeichen.

Wieder so eine verdächtige Angelegenheit, schließlich war es verboten, den Waldweg mit dem Auto zu befahren, wenn man kein Förster war oder Waldarbeiter. Oder Polizist.

Und dieser Mann dort war mit ziemlicher Sicherheit kein Förster, Waldarbeiter oder Polizist. Also war er verdächtig. Und übrigens ziemlich dick.

Halb stand er, halb saß er auf seinem vorderen Kotflügel. Er hielt sich mit schmerzverzerrtem Gesicht seinen rechten Arm, der ihm irgendwie zu tief am Körper hing, so als wäre er von der Schulter gerutscht.

»Euch schickt der Himmel!«, rief uns der Dicke mit Erleichterung entgegen. »Es sieht so aus, als könnte ich Hilfe gebrauchen!«

»Als Diätberater?«, murmelte Simon in seinen nicht vorhandenen Bart und ich verkniff mir ein Lachen.

Wir bremsten mit unseren Rädern und der dicke Mann deutete mit einer Kopfbewegung auf seine Schulter.

»Ich hab mir meinen Arm ausgekugelt und müsste dringend zum Arzt oder ins Krankenhaus, damit man ihn mir wieder einrenkt. Ich hatte das schon mal. Das geht recht schnell.«

»Sollen wir einen Krankenwagen holen?«, fragte Simon.

»Keinen Krankenwagen! Nein!«, sagte der dicke Mann mit schwerem Schnaufen. »So ein Aufwand ist nicht nötig!«

Ein bisschen mulmig war mir zumute, denn ich fragte mich, wie es passieren konnte, dass sich ein dicker Mann im Wald die Schulter auskugelte.

Meine neugierigen Blicke fielen in das Wageninnere, auf die Ladefläche, wo sich allerlei merkwürdiges buntes Papierzeug tummelte, neben ein paar Silberkoffern.

Was ich sah, war keine Antwort auf meine Frage. Allenfalls Material für neue Fragen, die ich mir stellte.

»Es ist verboten, mit dem Auto hier entlangzufahren«, sagte ich.

Der dicke Mann runzelte die Stirn und wiegte seinen Kopf.

»Ja, Kinder, ich weiß. Ihr wollt mich doch nicht bei der Polizei verpfeifen!«

»Keine Angst!«, beruhigte Simon den Dicken.

»Wie sollen wir Ihnen denn helfen?«, fragte Lara.

Der dicke Mann deutete mit einer Kopfbewegung auf seinen Wagen.

»Nun ja«, sagte er zögernd. »Vielleicht könnten wir ja gemeinsam mit dem Auto fahren. Alleine schaffe ich es nicht. So viel steht fest. Ich kann mit der rechten Hand nicht schalten. Aber mit meiner Linken kann ich problemlos lenken, und wenn einer von euch schalten würde, dann könnten wir es bis zum Krankenhaus schaffen!«

»Ich schalte!«, meldete sich Simon gleich zu Wort. »Ich kann das. Ich hab das bei meinem Onkel schon oft gemacht. «

»Wir dürfen aber nicht zu fremden Männern ins Auto steigen«, sagte Lara gleich. »Und schon gar nicht im Wald!«

Da sagte Lara Wahres.

Und der dicke Mann nickte. »Das verstehe ich«, sagte er. »Aber seht mich doch an. Von mir kann keine große Gefahr ausgehen. Und ihr seid zu dritt!«

Da hatte er auch wieder Recht.

Lara, Simon und ich schauten uns eine Weile in die Augen, bis wir übereinstimmend nickten.

»Lara ist Italienerin«, sagte Simon an den Dicken gerichtet. »Sizilien, Sie verstehen!«

Und Simon machte Lara ein Zeichen mit dem Kopf.

»Sag was!«, forderte er sie auf.

»Was soll ich denn sagen?«, fragte Lara.

»Was Italienisches!«

»Mi scappa la pipì, papà!«

»Da ham Sie's!«, sagte Simon, als hätte Lara die schlimmste Drohung von sich gegeben. Dabei war es eine Zeile eines Kinderliedes, das ich aus den Ferien in Italien kannte. Die Zeile heißt: ›Papa, ich muss Pipi!‹

Der Dicke machte ein fragendes Gesicht und drehte seinen Kopf ein wenig zur Seite.

»Aha!«, sagte er. »Italienerin. Daher also die schönen schwarzen Haare. Ich bin beeindruckt. Aber ich verstehe nicht, was du damit meinst.«

»Na, Sizilien!«, wiederholte Simon. »Sie hat dort eine Menge Onkel, eine Menge Vettern, eine Menge Freunde. Fängt mit M an und hört mit A auf und in der Mitte steht Afi. Capisci?«

Und dann zwinkerte Simon so viel sagend, dass man meinen konnte, ihm wäre ein ganzer Fliegenschwarm in die Augen geflogen.

»Oooh!«, machte der dicke Mann jetzt. »Natürlich! Jetzt verstehe ich. Gefährlich!«

»Und Lara schickt jetzt eine SMS ab und darin steht das Kennzeichen von Ihrem Auto. Und wenn wir nicht mehr auftauchen sollten, sind Sie so tot wie ein totes Kaninchen!«

Der Simon! Ich staunte über ihn und Lara staunte auch.

Es gefiel ihr offensichtlich, Simon so ganz als ›fratello di Lara‹ zu erleben. Sie kramte das Handy aus ihrer Tasche und begann wichtigtuerisch drauf rumzutippen.

»Na«, machte der Dicke und hob bedeutungsvoll seine Augenbrauen. »Ihr könnt einem ja richtig Angst einjagen.«

Dann fuhr ihm offensichtlich wieder der Schmerz in die Schulter und er jaulte auf.

»Ich schalte also«, sagte Simon mit allem Nachdruck.

Wir lehnten unsere Räder an einen Baum und schlossen sie ab.

Spätestens als wir sahen, unter welchen Mühen der Dicke sich auf den Fahrersitz des Passats zwängte, waren auch unsere letzten Bedenken verflogen. Der Mann brauchte Hilfe, das sah ein Blinder.

Während Simon zum Schalten auf dem Beifahrersitz Platz nahm, setzten Lara und ich uns nach hinten.

Ich drehte mich nach der Ladefläche um und sah wieder das Zeug, das hier transportiert wurde. Neben den Silberkoffern entdeckte ich noch jede Menge weiteren Bastelkram. Figuren, meistens aus Papier zusammengeklebt.

»Ich bin übrigens der Kai«, sagte der Dicke in den Innenspiegel und fing dort meinen Blick auf.

»Simon!«, sagte Simon.

»Lara!«, sagte Lara.

»Luis!«, sagte ich.

»Falls ihr euch wundert, was ich da hinten für Sachen habe ...«, begann der dicke Kai. »Ich bin

Fotograf und arbeite an einem Bastelbuch. Deswegen fahre ich das Zeug spazieren und halte nach schönen Ecken Ausschau, wo ich die Bastelsachen fotografieren kann. Ich soll das Ganze in der Natur aufnehmen! So fahre ich auch manchmal Wege und Straßen, die nicht erlaubt sind. Da muss ich nicht so viel schleppen!«

Lara beugte sich über die Rückenlehne und schnappte sich eine Figur.

»Wie süß!«, flötete sie. »Eine Schwalbe!«

Mit einem Mal machte Kai große Augen und drehte sich nach uns um.

»Pass bitte auf!«, rief er und die Freundlichkeit in seinem Ton war für einen Moment verschwunden. »Das ist keine Schwalbe, das ist Florian Flattereule. Der ist total empfindlich. Dem darf nichts passieren!«

Lara bekam einen Riesenschrecken und legte die Figur sofort zurück in den Korb, in dem sie sie gefunden hatte.

»Entschuldige!«, sagte Kai jetzt. »Aber ich bin etwas nervös, was die Basteleien angeht. Ich bin unheimlich im Termindruck. Spätestens in zehn Tagen muss ich damit fertig sein, sonst kippt der ganze Auftrag und das wäre schrecklich.«

Er reichte Simon umständlich mit der Linken den Autoschlüssel.

»Hier«, sagte er. »Starte mal das Auto. Den Schlüssel ins Schloss und dann nach rechts drehen. Aber gib mir vorher noch ein Snickers aus dem Handschuhfach. Auf die Aufregung brauch ich jetzt was Süßes!«

Simon öffnete vorne das Handschuhfach und fischte ein Snickers heraus.

»Du isst viel Süßes, oder?«, fragte Lara und suchte im Rückspiegel Kais Blick.

»Du meinst, weil ich so dick bin«, sagte Kai und nickte. »Fotografen müssen dick sein. Wer schwer ist, wackelt nicht so beim Fotografieren. Das leuchtet doch ein!«

»Hey, ich will auch Fotograf werden!«, sagte ich und reichte meine leere Handfläche nach vorne.

»Ich auch!«, sagte Simon.

»Ich auch!«, sagte Lara.

»Na, bedient euch!«, sagte Kai, und Simon reichte Lara und mir aus dem Handschuhfach zwei Snickers nach hinten. Selber fischte er sich ein Bounty.

Während wir alle unser Süßes aßen, drehte Simon den Schlüssel und der Motor ließ ein Brummen hören.

»Du kennst die Gänge?«, fragte Kai.

»Klar!«, antwortete Simon. »Vorne der erste, zurück der zweite, zu mir rüber und vor der dritte,

zurück der vierte und noch mal vor und rüber der fünfte.«

»Richtig! Beim Rückwärtsgang musst du den Hebel nach unten drücken und zu mir rüber. Versuch mal. Dann können wir wenden! Ich trete die Kupplung!«

Ohne Probleme legte Simon den Rückwärtsgang ein und beide sahen nach hinten über unsere Köpfe hinweg, als sich das Auto in Bewegung setzte.

Mit der linken Hand lenkte Kai den Passat in einen Nebenweg, der nach wenigen Metern im Waldboden verlief. Aber zum Wenden reichte er völlig, und als Simon in den ersten Gang geschaltet hatte, fuhren wir los.

»Sagt mal, Kinder! Ich bin nicht aus der Gegend«, sagte Kai. »Wo ist denn das nächste Krankenhaus?«

»In Braunstädt«, sagte Simon. »Zwölf Kilometer von hier.«

»Na, dann fahren wir doch dorthin.« Kai kuppelte aus und sagte an Simon gerichtet: »Den zweiten!«

Die Fahrt nach Braunstädt verlief reibungslos. Kai und Simon waren schnell ein gutes Team und wir glitten über die Landstraßen wie auf Schienen, nicht die Spur von wackeligen Fahrmanövern. In Braunstädt allerdings machte sich bei den beiden ein bisschen Nervosität bemerkbar. In der Stadt war es schwieriger, das Auto zu zweit durch die Straßen zu steuern. Hier gab es Ampeln, Kreuzungen und der Verkehr nahm schnell zu. Vor der Eisenbahnunterführung ging es stop and go und

Simon hatte jede Menge zu schalten. Aber trotz Aufregung meisterte er seine Aufgabe mit Bravour und wir landeten sicher auf dem Krankenhausparkplatz.

Unter Schmerzen schälte Kai sich aus dem Wagen. Doch sein Fluchen galt nicht dem ausgekugelten Arm. Er tastete seine Jacken- und Hosentaschen ab, beugte sich wieder ins Auto und ließ seinen Blick über den Fahrersitz und die verschiedenen Ablagen wandern, die das Auto zu bieten hatte.

»Mist!«, schimpfte er.

»Was ist?«, fragte ich beim Aussteigen.

»Mein Handy!« Er tastete noch einmal seine Jackentaschen ab. »Es ist weg.«

Simon und ich suchten das ganze Auto danach ab, aber wir fanden kein Handy. Leere Coladosen fanden wir, Papier von Snickers, Hanuta, Mars und MilkyWay, und Gummibärtüten, aber kein Handy.

»Ich glaube, ich weiß, wo es ist«, sagte Kai wenig später mit nachdenklicher Miene. »Ich muss es im Wald verloren haben. Das Missgeschick mit dem Arm ist mir passiert, als ich telefonieren wollte. Ich muss da irgendeine falsche Bewegung gemacht haben, irgendeine blöde Verrenkung. Dabei habe ich mir den Arm ausgekugelt und das Handy fallen gelassen.«

»Beim Telefonieren mit dem Handy den Arm ausgekugelt?«, fragte Simon ungläubig nach. »Was ist denn das für ein Handy. Hängt da ein Zementsack dran?«

Kai sah mich an. »Euer Simon ist ja ein rechter Scherzbold«, sagte er.

Ich nickte. »Gewöhnt man sich dran.«

»Wir können es suchen gehen!«, schlug Lara vor. »Ist kein Problem für uns. Wir müssen ja sowieso zurück in den Wald und unsere Räder holen!«

»Da hat Lara Recht«, meinte Simon. »Kein Problem! Wir müssen eh noch mal runter zum Fluss. Und 'n Handy mit Zementsack dran ist ja wohl leicht zu finden.«

Die Sorgenfalten auf Kais Gesicht glätteten sich im Nu. Er lächelte.

»Das wäre echt Klasse von euch. Ihr werdet es bestimmt finden. Ich merke schon: Ohne euch wäre ich vollkommen aufgeschmissen.«

»Klar!«, sagte Simon. »Ohne uns ist jeder aufgeschmissen!«

Wir begleiteten Kai zur Notaufnahme, wo er schon bald hinter einer schweren Tür verschwand. Wir hockten uns ins Wartezimmer zu verbundenen Fingern, offenen Füßen und schluchzenden Kindern. Allzu lange warteten wir nicht, dann gesellte sich ein Arm in Schlaufe dazu. Und am anderen

Ende von dem Arm war ein dicker Kai mit einem zaghaften Grinsen im Gesicht. Doch dann kippte sein Grinsen in einen sorgenvollen Ausdruck.

»Schlechte Nachricht, Kinder«, sagte er jetzt mit gekräuselter Stirn. »Der Arzt meint, dass es höchste Zeit sei, mich operieren zu lassen. Eine Routineoperation, behauptet er. In drei, vier Tagen wäre ich wieder aus dem Krankenhaus draußen. Er rät dazu, es sofort machen zu lassen. Und ich soll gleich dableiben, dann wird es keine Komplikationen geben. Der Professor selbst könnte es schon morgen machen.«

»Und?«, fragte Simon. »Lässt du dich operieren?«

»Ich hab mir das überlegt«, sagte Kai. »Ich denke, es wird das Beste sein, ich bleibe gleich hier. Dann spar ich mir auch die Suche nach einem Hotelzimmer. Und die leidige Sache mit meinem Arm kommt endlich in Ordnung.«

»Und dein Auftrag?«, fragte ich. »Bist du nicht in Eile?«

»Das ist zu schaffen«, antwortete Kai. »Ich habe nur noch fünf Motive zu fotografieren. Ich denke, das kriege ich hin. Und in drei Tagen bin ich ja sowieso wieder draußen.«

»Können wir dir irgendwie helfen?«, fragte ich.

Kai machte ein nachdenkliches Gesicht und rieb sich dabei das Kinn. Ein paar Sekunden ver-

strichen, bis er zögernd sagte: »Da ist so eine Sache ... Ich überlege gerade ... Eigentlich ...« Und dann eine Pause, in der keiner einen Mucks von sich gab. Erwartungsvolle Gesichter bei Simon, Lara und mir. Die Patienten im Wartezimmer wurden allmählich auch neugierig.

»Ja?«, machte Simon, der Ungeduldigste von uns.

»Ach, nichts!« Kai winkte ab. »Wenn ihr das Handy findet und es mir dann bringen würdet, wäre das schon mehr als genug, was ihr für mich tun könntet. Es sind ein paar wichtige Nummern eingespeichert, die ich anrufen müsste. Na ja, und ich habe auch nichts dagegen, wenn ihr mich besuchen kommt!«

Dann zog er mit seiner Linken unbeholfen den Geldbeutel aus seiner Gesäßtasche und hielt ihn Simon unter die Nase.

»Hier«, sagte er, »nehmt euch ein wenig Geld raus für die Spesen, Busfahrt und so. Kostet ja alles Geld.«

»Nee, lass mal!«, sagte ich und winkte ab. »Wir haben Monatskarten!«

Kai wedelte noch eine Weile mit seinem Geldbeutel, aber dann versenkte er ihn wieder in seiner Hose. Und wir versprachen ihm abschließend das Handy zu bringen, sobald wir es gefunden hätten. Wenig später verließen wir das Krankenhaus.

Wir hatten Glück. Am Bahnhof stand der Bus mit geöffneter Tür und würde in zwei Minuten losfahren.

»Was das wohl für eine Sache ist, von der Kai beinahe gesprochen hätte«, grübelte Lara, als wir uns hinten in die letzte Reihe gesetzt hatten. Sie witterte wohl mal wieder ein Geheimnis.

»Keine Ahnung«, sagte ich. »Wird schon nicht so wichtig gewesen sein.«

»Vielleicht dachte er, dass wir seinen Florian Flattereule füttern könnten«, schlug Simon vor. »Und dann fiel ihm ein, dass es ja nur eine Bastelfigur ist, die man gar nicht füttern kann.«

»Mann! Simon!«, stöhnte Lara und verdrehte die Augen. »Einen noch geistreicheren Kommentar hast du nicht?«

»Fällt mir dazu nicht ein. Tut mir Leid.«

Von der Bushaltestelle bis zum Fluss dauerte es ein wenig, wenn man zu Fuß war. Trotz ein paar Abkürzungen quer durch den Wald waren wir etwas mehr als eine halbe Stunde unterwegs, bis wir auf unsere Räder stießen.

Simon und ich entdeckten das Handy gleichzeitig. Eigentlich ein Wunder, dass es dort noch lag. Mitten auf dem Weg war es für jedermann zu sehen. Aber vermutlich war seitdem noch kein Mensch hier vorbeigekommen. Glück hatte Kai

auch, dass es nicht von seinem eigenen Auto zermalmt worden war, denn die Reifenspur des Passats führte zentimeterknapp daran vorbei.

Lara kam uns zuvor und bückte sich danach.

»Was für'n altes Teil!«, sagte sie. »Seht mal her!«

Zum Vergleich zückte sie ihr eigenes und hielt es daneben.

Lara hatte Recht. Neben ihrem sah Kais Handy vorsintflutlich aus. Viel größer, viel klobiger.

»Gib mal her!«

Simon schnippte ungeduldig mit den Fingern, aber Lara rückte es nicht gleich raus.

»Gib!«, forderte Simon und schnappte es sich mit einer flinken Handbewegung.

»Hey!«, protestierte Lara.

»Tatsache!«, staunte Simon und wog es abschätzend in der Hand. »Ein uraltes Teil. Total schwer! Kein Wunder, dass er sich damit den Arm ausgekugelt hat. Braucht man überhaupt keinen Zementsack dranzuhängen.«

»Lass mal sehen!«

Jetzt war ich der Ungeduldige.

Es stimmte. Das Handy war ziemlich schwer. Es hatte keinen Vibrationsakku, war mit einer großen Antenne versehen und besaß nur ein winziges Display.

Während ich es in meinen Händen hielt und be-

trachtete, bekam ich einen Riesenschrecken, denn plötzlich fing es an zu klingeln. Ich wusste nicht, was ich machen sollte.

Rat suchend sah ich Simon an und zuckte mit den Schultern.

»Es klingelt«, sagte ich.

»Geh ran!«, drängte Simon.

»Spinnst du?«, empörte sich Lara. »Kannst du doch nicht machen!«

»Logo kann er.«

Mit den gleichen flinken Fingern, mit denen er zuvor Lara das Handy aus den Händen gefischt hatte, schnappte Simon es jetzt mir weg.

Zweimal ließ er es noch klingeln, dann ging er ran.

»Hallo!« Simon verstellte seine Stimme, so tief er konnte.

Ich beobachtete, wie sich sein Gesicht zu einem frechen Grinsen verzog, das aber schnell einem überraschten Staunen wich.

»Nein!«, sagte er mit seiner falschen Stimme.

Dann schien sich in der Leitung irgendwas zu ereignen, das das Gespräch störte, unterbrach oder beendete. Denn Simon rief zweimal ein tiefes »Hallo!?« und drückte dann die Aus-Taste.

»Was war?«, fragten Lara und ich gleichzeitig.

»Aufgelegt«, antwortete Simon. »Der hat gemerkt, dass ich nicht Kai war.«

»War ja auch nicht schwer zu merken«, stellte Lara fest.

»... und vielleicht keine so gute Idee, einfach ranzugehen«, sagte ich.

»Wer war denn dran und was hat er gesagt?«, wollte Lara wissen.

»Ein Mann war dran. Er sagte ›Kennwort: Forelle‹!«

»Ja, ja, schon recht!«, sagte Lara. »Verarsch uns nur.«

»›Kennwort: Geschirrspülmaschine‹ hat er jedenfalls nicht gesagt!«

»Ist gut, Simon!«, sagte Lara nun echt genervt. »Sag doch einfach mal gar nichts, bevor du immer nur Stuss redest!«

Simon machte jetzt ein ernstes Gesicht – kein Schmunzeln, nichts, was auf einen seiner Scherze hindeuten würde. »Ehrenwort!«, sagte er dann. »Er hat gesagt ›Kennwort: Forelle‹!«

»Echt?!«, staunte ich. »Kennwort: Forelle?«

»Ja, zuerst hat er geglaubt, ich wäre Kai«, sagte Simon. »Und jetzt ratet mal, was er gesagt hat, bevor er gemerkt hat, dass ich nicht Kai bin!«

»Mach's nicht so spannend!«, forderte Lara.

Aber Simon spannte uns auf die Folter und machte eine bedeutungsvolle Pause. Er genoss Laras Ungeduld. Dann sagte er in ruhigem Ton:

»Er hat gefragt, ob ich was Verdächtiges in der Flussau beobachtet hätte.«

»Was?!«, staunte ich. »Du machst einen Witz, oder?«

»Kein Witz!«

Simon hob mit großem Ernst seine Hand zum Schwur.

»Das hat er gesagt. Ich schwöre!«

»Das heißt ja ... «, begann Lara und verstummte gleich wieder. Sie überlegte und machte ein nachdenkliches Gesicht. »Wenn dieser Anruf tatsächlich für Kai bestimmt war«, fuhr sie dann fort, »dann war der Kai gar nicht in der Gegend, um für sein Bastelbuch zu fotografieren, sondern ...«

»... um etwas zu beobachten! Richtig!«, endete Simon.

»Und Verdächtiges in der Flussau gab es tatsächlich zu beobachten«, spann ich die Überlegungen weiter. »Nämlich den fremden Mann mit der Schaufel!«

»Der fremde Mann mit der Schaufel. Allerdings!«, sagte Simon.

»Dann ist dieser Kai vielleicht gar kein Fotograf ...?«, fragte Lara.

»Und sein Fotokram ist nur Tarnung!«, sagte Simon.

»Was ist er dann?«, fragte ich. »Ein Krimineller? Ein Polizist mit Geheimauftrag?«

»Ein Pfarrer auf der Flucht!«, platzte es aus Simon heraus.

Aber sofort hob er abwehrend seine Hände.

»Schon gut, Leute«, tönte er. »Entschuldigung! Ist mir nur so rausgerutscht!«

»Wir müssen herausfinden, wer Kai wirklich ist«, antwortete ich.

»Und wie wollen wir das machen?«, fragte Lara.

»Wir bringen Kai das Handy, was sonst«, sagte ich. »Und dann werden wir ihm von dem Anrufer erzählen. Da werden wir sehen, wie er reagiert. Uns kann dabei nichts passieren. Im Krankenhaus sind wir sicher!«

Eine Dreiviertelstunde später waren wir wieder im Krankenhaus.

»Zimmer 246 im zweiten Stock«, sagte die Empfangsdame und machte eine Kopfbewegung zum Aufzug auf der gegenüberliegenden Seite.

Wir stiegen ein, drückten auf die 2 und ließen uns sanft nach oben befördern. Im Flur des zweiten Stocks stiegen uns die typischen strengen Krankenhausgerüche in die Nase, die allesamt unangenehm waren. Ein paar Gestalten in Bademänteln schlichen an uns vorbei und eine Schwes-

ter schob einen Servierwagen mit Kaffeetassen vor uns her.

Zimmer 246 befand sich in der Mitte des Gangs.

Lara warf ihr gesamtes Gewicht nach hinten, um die schwere Tür zu öffnen, und ließ Simon und mir den Vortritt.

Kai lag im Bett am Fenster. Er trug einen weißen Krankenhauskittel, der ein bisschen zu klein geraten war, oder er, der Kai, war für den Kittel zu groß. Kai grüßte mit einem erfreuten Lächeln, als er uns und sein Handy sah, das Simon wie eine Trophäe in die Höhe reckte.

»Ihr habt es tatsächlich gefunden!«, stieß Kai erleichtert aus. »Wenn ich euch nicht hätte!«

Er lag in einem Zweibettzimmer, aber das andere Bett war nicht belegt.

Es war typisch für Simon, dass er gleich mit der Tür ins Haus fiel.

»Also«, sagte er. »Wir haben in der Flussau jemanden beobachtet, der sich verdächtig benommen hat.«

Kai richtete sich in seinem Bett ein wenig auf und machte ein fragendes Gesicht. Lange wollte er mit dem fragenden Gesicht nicht aufhören, aber irgendwann grinste er dann.

»Meint ihr mich?«, fragte er zögerlich. »Habe ich mich verdächtig benommen?«

»Nein«, sagte Simon. »Jemand Verdächtiges unten am Fluss.«

Das Grinsen in Kais Gesicht löste sich und er wurde schnell ernst.

Er sah auf seine Armbanduhr, nickte kurz und sagte: »Es hat wohl um fünf jemand auf dem Handy angerufen und sich erkundigt?«

»Ja«, sagte Simon knapp. »Kennwort: Forelle!«

Kai nickte ein paar Mal. Dann sah er eine Zeit lang wortlos aus dem Fenster, während Simon, Lara und ich uns schnelle, erwartungsvolle Blicke zuwarfen.

Kai wirkte nachdenklich und ruhig und reagierte auf Simons Enthüllung überhaupt nicht wie ein Krimineller, der irgendwas zu verheimlichen hatte. Keine Spur von Nervosität.

Und dann erklärte er uns die Sache mit dem Anrufer und erzählte uns die Geschichte, die dahinter steckte.

Das Überraschendste, mit dem keiner von uns gerechnet hatte, gleich vorneweg.

Kai war Privatdetektiv.

»Als Fotograf habe ich eine schwere Zeit durchstehen müssen«, erzählte er. »Ich hatte nicht mehr genügend Aufträge, um von der Fotografie weiter leben zu können. Und da kam ich auf die Idee, mich als Privatdetektiv zu versuchen. Habe eine

Annonce in die Zeitung gesetzt, auf die aber erst einmal niemand reagiert hat. Aber dann, vor zwei Wochen, als ich schon nicht mehr damit gerechnet habe und meine Auftragslage als Fotograf sich auch wieder gebessert hat, kam ein Anruf von einem Mann, der seinen Namen nicht nennen wollte. Dieser Mann fragte, ob ich eine Observierung, sprich Beobachtung übernehmen könnte. Ich sagte natürlich zu und der Fremde schickte auch gleich einen saftigen Scheck als Vorschuss. – Tja!«, machte Kai abschließend und hob seine Augenbrauen. »Und so bin ich jetzt hier in eurer Gegend gelandet. Ich soll die Gegend an der Flusskurve im Auge behalten und prüfen, ob sich dort jemand verdächtig verhält. Falls ja, soll ich die Person beschatten. Jeden Tag um fünf Uhr will mein Auftraggeber mit dem Codenamen ›Forelle‹ anrufen, um sich nach Neuigkeiten zu erkundigen. Das ist die einzige Verbindung, die ich zu ihm habe.«

»Ein echter Privatdetektiv!«, staunte Lara, als Kai mit seiner Geschichte fertig war.

»Na ja«, sagte er, hob etwas hilflos seinen kranken Arm um ein paar Zentimeter und grinste uns an. »Ein Sherlock Holmes bin ich nicht gerade ... Aber jetzt berichtet ihr mal! Was habt ihr gesehen?«

Alle zusammen und durcheinander fingen wir

an von dem Fremden mit dem Spaten zu erzählen. Und dass er auf der Suche nach was war. Und als Kai meinte, er würde überhaupt nichts kapieren, wenn wir alle durcheinander sprächen, wechselten wir uns ab.

Aber am meisten erzählte Lara.

Kai richtete sich weiter im Bett auf und hörte voller Interesse zu.

»Das wird der Mann sein, den ich observieren soll!«, sagte er aufgeregt. »Was hat er noch gemacht außer graben?«

Ich zuckte die Schultern. »Eigentlich nichts. Er hat sich geärgert, dass er nichts gefunden hat. Hat ziemlich geflucht.«

»Und es sah so aus, als würde er die Gegend kennen«, fügte Simon hinzu.

»Aber wir haben ihn dort noch nie gesehen, obwohl wir so gut wie jeden Tag in der Flussau sind.«

»Vielleicht kennt er die Gegend von früher«, meinte Kai.

»Auf die Idee bin ich auch gekommen«, sagte Lara.

Mit einem Seufzer ließ sich Kai wieder tiefer in sein Bett sinken, das unter seinem Gewicht klagend knarzte. »War vielleicht doch keine gute Idee, ins Krankenhaus zu gehen«, sagte er. »Jetzt, wo er aufgetaucht ist und ich ihn beschatten sollte.«

Kurze Zeit sagte niemand was und es war nur das Knarzen von Kais Matratze zu hören.

»Aber das können wir doch machen!«, entfuhr es Lara plötzlich mit Begeisterung, »das Beschatten!«

»Genau!«, rief Simon. »Das haben wir ja heute sowieso schon gemacht! Ihn observiert. Kein Problem für uns.«

»Aber nein«, wehrte Kai ab. »Ich weiß doch gar nicht, was das für ein Typ ist. Ob gefährlich oder nicht. Da kann ich euch doch nicht mit reinziehen!«

Dann wurde er aber nachdenklich.

»Auf der anderen Seite möchte ich den Auftraggeber auch nicht enttäuschen ... Und das Geld könnte ich gut gebrauchen«, sagte er.

»Na also!«, rief Lara.

»Das Observieren ist wirklich kein Problem für uns«, sagte ich. »Da gibt es nichts Gefährliches. Und wie Simon schon sagt: Wir sind sowieso jeden Tag nach der Schule dort unten. Keiner kennt die Gegend so gut wie wir. Wenn sich da jemand unsichtbar machen kann, dann sind wir das!«

Und dann machten wir das Geschäft.

Solange Kai in der Klinik war, würden wir die Observierung des verdächtigen Mannes übernehmen. Wir versprachen äußerst vorsichtig zu sein und nichts Unnötiges zu riskieren. Und hinterher

würden wir davon berichten. Und Kai bestand darauf, uns dafür auch was zu bezahlen. Das fanden wir jetzt in Ordnung, denn schließlich waren wir Privatdetektive.

Da klingelte plötzlich das Handy.

Kai ging ran und machte ein ernstes Gesicht.

»Kennwort: Forelle, guten Tag!«, sagte er. »Wie? ... Nein, keine Ahnung, wer da am Telefon war. Vielleicht ein paar Kinder. Ich habe das Handy in einem Restaurant liegen lassen und dann gleich wieder geholt.«

Lara, Simon und ich standen mucksmäuschenstill und hörten zu, wie Kai dem Auftraggeber von dem Mann mit dem Spaten erzählte. Kai berichtete haargenau das, was wir beobachtet hatten, als hätte er selbst alles gesehen.

Und wie Kai mit seinem mysteriösen Auftraggeber sprach, da wurde mir plötzlich klar, auf was für ein spannendes Abenteuer wir uns da eingelassen hatten.

4

Praktischerweise fiel am nächsten Tag Sport aus und so waren wir schon früh wieder unterwegs in Richtung Flusskurve. Diesmal aber ohne die Gefahr der Langeweile. Diesmal in geheimem Auftrag.

Am wenigsten konnte Lara es glauben, dass wir jetzt Detektive waren.

»Wahnsinn!«, schwärmte sie. »Echte Privatdetektive, stellt euch das mal vor. Mit einem richtigen Fall. Detektei Kaleidoskop. Wie findet ihr das?«

Lara schon wieder mit ihrem Kaleidoskop!

Aber warum auch nicht? Irgendwie stimmte es ja. Kaum hatte sie uns diesen Namen verpasst, war

Bewegung in unser Leben gekommen. Das war nicht zu bestreiten.

Auch Simon sprudelte schon wieder vor Einfällen. »Vielleicht ist der Löchergräber ein Krimineller«, sagte er. »Und auf seinen Kopf ist eine hohe Prämie ausgesetzt. Die kassieren wir dann. So was gibt's! Und ich kann mir dann endlich einen DVD-Player kaufen. Und einen Fernseher für mein Zimmer.«

Wir schlossen gerade unsere Räder oben auf dem Waldweg an einen Baum, als wir jemanden den Pfad von der Flussau hochkommen hörten. Ein Schnaufen, das von kurzen zornigen Flüchen unterbrochen wurde.

»Verdammter Mist!«, hörten wir es.

Wenn wir unentdeckt bleiben wollten, mussten wir uns schleunigst in die Büsche schlagen. Nur, Büsche gab es hier nicht, das Einzige, was uns auf die Schnelle ein Versteck bot, war der riesige Stamm eines gefällten Baumes. Blitzschnell verständigten Simon, Lara und ich uns mit gehetzten Blicken und lagen flach hinter dem Baumstamm, als der Mann den Weg oben erreichte.

Wutschnaubend stapfte er sogleich davon und war so mit seinem Ärger beschäftigt, dass er unsere Räder nicht bemerkte und ich gefahrlos über den Baumstamm lugen konnte.

Es war unser alter Bekannter mit dem Spaten.

So nah waren wir ihm bis jetzt noch nie gewesen und für einen kurzen Moment konnte ich ihn im Profil sehen. Er war ungefähr vierzig Jahre alt, hatte einen Oberlippenbart und sein Hemd zeigte große Schwitzflecken. Er sah erschöpft aus und trug den Spaten über der Schulter.

Kaum war er unseren Blicken entschwunden, gerieten wir auch schon in unsere erste Krise als Privatdetektive.

Wir wussten nicht, was wir machen sollten.

Simon wollte ihm hinterher.

»Quatsch!«, meinte Lara. »Das ist doch uninteressant. Wir müssen finden, was er sucht. Schließlich hat er es noch nicht gefunden. Das war ihm ja wohl anzumerken!«

»Aber wenn wir ihm folgen, dann wissen wir, wo er wohnt«, sagte Simon. »Und dann wissen wir bald, wer er ist! Oder wir sehen ihn ins Auto steigen und können uns die Nummer aufschreiben. Das nennt man Observieren. Und das sollen wir schließlich tun.«

»Ich finde, wir sollten die Lichtung observieren!«, widersprach Lara. »Vielleicht haben wir ja Glück und finden was.«

»Quatsch! Lichtung observieren. Den Typ observieren!«

Da stritten die beiden also mal wieder. Ich hatte dazu im Augenblick keine Meinung, mich überzeugte beides.

Aber nachdem wir so lange untätig im Wald standen und Lara und Simon diskutierten, erübrigte es sich sowieso, dem Mann zu folgen. Ein Stück flussabwärts gab es einen Parkplatz, und wenn er dort sein Auto abgestellt hatte, dann hatte er es in der Zwischenzeit erreicht und war weg.

Also auf zur Flusskurve.

Halb rutschten wir hinunter, halb rannten wir.

Schon von oben sah man das Werk des Fremden.

»Seht euch das an!«, sagte Lara und zeigte nach unten.

»Ja«, sagte ich. »Neue Löcher.«

Heiß war es auf der Lichtung, hier stand die Hitze wie in einem Backrohr, kein Lufthauch ging. Dennoch witterte ich eine leichte Kühle, die vom Boden aufzusteigen schien. Hier war es feuchter als außerhalb des Dschungels, die Gräser waren geschmeidiger, der Boden weicher.

»Nichts als Löcher«, sagte Simon enttäuscht. »Ich hab euch ja gesagt, dass wir ihm folgen sollten. Dann wüssten wir jetzt mehr. Hier stehen wir nur vor Löchern und sonst nichts! Leere Löcher

sind wie Pizzas ohne Belag. Calzone ohne Füllung. Verstehst du, Lara? Calz-ohne.«

»Ja, ja schon gut«, sagte Lara.

»Ohne Tomaten. Ohne Salami, ohne Käse . . .«

»Hab verstanden!«, sagte Lara und verdrehte die Augen.

». . . ohne Oliven, ohne Kapern, ohne Pilze . . .«

»Krieg dich wieder ein, Simon!«, sagte ich. Manchmal hatte Simon keine Ahnung, wann genug war.

». . . ohne Zwiebeln, ohne Thunfisch . . .«

»Simon! Halt die Klappe!«, schrie Lara. »Fermati! Capisci!?«

Simon verstummte, machte ein komisches Gesicht und sagte dann: »Was jetzt?«

»Jetzt lass uns doch einmal in Ruhe überlegen«, sagte Lara mit allem Nachdruck. »Nicht so ungeduldig! Detektive müssen nun mal viel überlegen. Luis!«, damit wandte sie sich an mich. »Sag du ihm, dass Detektive viel überlegen müssen!«

»Detektive müssen viel überlegen«, sagte ich.

»Überlegen! Überlegen! Wären wir ihm gefolgt, wären wir schlauer! Schließlich sollen wir ihn observieren.«

»Wir müssen Ruhe und einen kühlen Kopf bewahren«, sagte ich. »Sonst geht gar nichts. Schauen wir uns die Löcher doch einmal näher an. Vielleicht finden wir ja was Auffälliges.«

An den Löchern war aber nichts Auffälliges. Außer dass man bei ihrer Größe schon an so was wie eine kleine Schatzkiste denken konnte, die darin Platz hatte. Und es dürfte nicht einfach gewesen sein, sie zu graben, denn der Boden war hier voller Steine, das wussten wir von eigenen Buddeleien.

Aber es waren leere Löcher, nichts weiter. Calzones ohne Füllung.

»Vielleicht hätten wir dem Mann doch folgen sollen«, murmelte ich schließlich.

»Jetzt fang du nicht auch noch an!«, brauste Lara auf.

Mit Lara mussten wir jetzt aufpassen, das merkten Simon und ich. Deshalb versuchte ich auf ein anderes Thema abzulenken: »Ich könnte ’ne Pizza vertragen!« Nach Simons Calzone-Gerede knurrte mir schon richtig der Magen. »Bei einer Pizza kann ich auch am besten nachdenken.«

»Gute Idee!«, sagte Simon. »Lasst uns ins Bella Sardegna fahren.«

»Na gut«, sagte auch Lara. »Wir essen eine Pizza und überlegen, wie wir vorgehen werden!«

Sie blieb trotzdem noch einen Augenblick nachdenklich vor einem der Löcher stehen. Etwas wichtigtuerisch sah das aus, wie sie die Arme vor der Brust verschränkte und kopfschüttelnd da hineinsah.

»Irgendwas übersehen wir, das spüre ich ganz deutlich«, murmelte sie. »Nur was?«

Simon nahm Prosciutto con tutto, bescheiden wie immer. Ich teilte mir mit Lara eine Margherita. Giovanni, der Pizzabäcker mit den dicken Unterarmen wie Popeye der Seemann, ließ sie mich wieder selber zubereiten. Vor kurzem, als in der Pizzeria gerade mal Flaute gewesen war, hatte er mir gezeigt, wie das geht.

Fast schon routiniert nahm ich jetzt den Teigball und plättete ihn in einer speziellen Blechpfanne, die ich vorher mit Öl bestrichen hatte. Öl kam dann auch auf den Teig, anschließend das Tomatensugo und der Käse. Oregano noch. Das war Pizza Margherita in Reinkultur.

Giovanni schob sie mir in den glutheißen Ofen, in zehn Minuten würde sie fertig sein. Pizzabäcker, das wäre ein Job für später, dachte ich immer wieder. Am besten irgendwo in Italien am Meer.

Bis zum Ansturm des Abendgeschäfts, der so sicher über das Bella Sardegna hereinbrach wie der Sonnenuntergang, war noch eine Weile hin. Und immer, wenn im Bella Sardegna Ruhe herrschte, wurden die Kartons gefaltet, in denen dann die Mitnehmpizzas ihre Reise antreten konnten. Vorgestanzt, aber platt wie Flundern wurden diese

Kartons geliefert. Mit ein paar Handgriffen zu einer flachen Schachtel gefaltet, stapelte man sie neben dem Pizzaofen griffbereit zu hohen Türmen.

Simon, Lara und ich falteten mal wieder um die Wette, während unseren Pizzas im Ofen der Schweiß ausbrach.

Was Fingerfertigkeit anging, konnte mir keiner was vormachen. Während ich meinen zehnten Karton ablegte, stümperte Simon noch mit seinem vierten herum. Lara hatte es immerhin auf sieben gebracht.

»Va bene, finito!«

Giovanni bremste mich. Kein Platz mehr für vorgefertigte Kartons.

Als ich auf die Uhr über dem Tresen blickte, fiel mir ein, dass wir Kai anrufen mussten. Es war halb fünf vorbei und wir sollten ihn mit Neuigkeiten versorgen, bevor sich sein geheimer Auftraggeber bei ihm meldete. Außerdem interessierte mich, wie er die Operation überstanden hatte.

Ich rief im Krankenhaus an und ließ mich zu seinem Bett durchstellen. Ein paar Mal klingelte es, dann hob Kai ab. Seine Stimme hörte sich rau an und seine Worte kamen schleppend, als hätte er einen Achttausender bestiegen.

Ich fragte ihn, wie es ihm gehen würde und wie die Operation gewesen sei.

»Alles bestens«, kam die Antwort. »Hoffe, dass ich morgen wieder raus bin. Was gibt's Neues?«

Ich berichtete ihm, dass es ein paar neue Löcher gab und dass der Fremde wohl noch nicht gefunden hatte, was er suchte. Und davon auszugehen sei, dass er weitersuchen würde.

»Gut gemacht!«, lobte Kai. »Wie es aussieht, habe ich wohl nichts verpasst. Und wie gut, dass ich euch habe.«

Dann landete meine Pizza auf dem Tresen und ich hatte es eilig aufzulegen.

»Was sagt er?«, schmatzte Simon. Er war gierig wie immer und es war ein Wunder, dass er sich nie den Mund verbrannte, wenn er sich die ofenheißen Stücke in den Hals schob.

»Er denkt, dass er morgen wieder rauskommt.«

»Morgen schon!?«, staunte Simon. »Einen Tag nach der Operation? So früh?«

»Sagt er!«

»Wir können ihn ja abholen«, sagte Lara.

»Müssen wir vielleicht sogar«, sagte Simon. »Er hat sein Auto auf dem Krankenhausparkplatz und ohne uns kommt er damit nicht weg. Glaube nicht, dass er nach der Operation gleich wieder schalten kann.«

Lara verteilte auf ihrer Hälfte der Margherita ein paar schwarze Oliven. Das war ihre Marotte: Wenn

die Pizza aus dem Ofen kam, tat sie noch nachträglich kalte Oliven drauf. Ein Alptraum für mich, die Vorstellung, aber bei Pizza, da hinterlässt der Mensch immer eine ganz persönliche Handschrift.

Andachtsvoll sah das aus, wie sie die Oliven verteilte. Irgendeine Ordnung steckte dahinter, das hatte ich nicht erst einmal beobachten dürfen. Ich wartete auf meine Hälfte, das Messer in der Hand, und sah zu, wie Lara die Oliven im zerlaufenen Mozzarella versenkte.

Sieben Stück – fünf waren schon platziert, zwei hatte sie noch in der Hand. Und plötzlich stoppte Lara. Nicht nur mit dem Verteilen der Oliven hörte sie auf, Lara erstarrte komplett. Als wäre sie plötzlich zu Eis gefroren. Ich fürchtete um meine Pizzahälfte, ich wollte sie warm essen.

»Wann krieg ich meine Hälfte?«, fragte ich ungeduldig und klopfte Lara auf die Schulter.

Nichts.

Plötzlich: »Ich hab's!«

Simon, der seine Pizza schon halb verschlungen hatte, stutzte. »Was?«, hustete er.

»Ich hab's!«, rief Lara noch einmal und starrte auf die Pizza. »Ich wusste, da ist ein System dahinter. Und es ist so einfach! Ihr werdet sehen. Morgen an der Flussau werde ich es euch zeigen!«

»KAI-leidoskop! Gut, nicht?«

Keiner sagte was. Wir waren in Kais Passat unterwegs. In gleicher Formation wie auf dem Weg ins Krankenhaus fuhren wir in Richtung Flusskurve.

Hinten Lara und ich und vorne auf dem Beifahrersitz der schaltende Simon, während Kai mit seinem gesunden linken Arm lenkte. Er hatte es in der Klinik nicht länger ausgehalten und wollte unbedingt mit uns an den Fluss.

Es war wieder ein heißer Tag, Simon hatte das Schiebedach aufgekurbelt und der Fahrtwind kitzelte mich im Gesicht.

»KAI-leidoskop! Kapiert ihr?«, wiederholte Lara.

Ich kapierte natürlich nicht. Keiner kapierte. Lara sprach seit gestern Abend sowieso nur in Rätseln.

»KAI-leidoskop! Das ist ein Wortspiel!«

Und dann erklärte sie Kai das mit dem Kaleidoskop. Dass wir drei so heißen würden, dass unsere Detektei so heißen würde, und mit ihm zusammen, mit Kai, könnte sie ja nun KAI-leidoskop heißen.

»Versteht ihr? KAILEIDOSKOP!«

»Schön«, sagte vorne Kai in einem Tonfall, der kein großes Interesse erkennen ließ.

Simon und ich sagten nichts dazu und Lara sah wieder aus dem Fenster.

»Ich find's toll«, sagte sie eher an sich selbst gerichtet. »Ihr werdet sowieso gleich staunen, bei dem, was ich euch zeige.«

Kai ließ sich von dem Verbotsschild nicht beeindrucken und lenkte das Auto auf die Teerstraße hinunter zur Kläranlage und dann auf den Schotterweg in den Wald.

Er parkte das Auto an der gleichen Stelle, an der wir ihn mit ausgekugeltem Arm angetroffen hatten. Wir stiegen aus, gingen an den Rand des Abhangs und sahen auf die Flussau hinab.

Der Fremde war nicht da, die Lichtung verwaist, und neue Löcher gab es nicht.

»Niemand da?«

»Nein«, sagte Lara. »Von hier oben würde man ihn sicher sehen.«

»Habt ihr eigentlich irgendwelche Anhaltspunkte, zu welchen Zeiten der Fremde hier unten auftaucht oder aufgetaucht ist?«, fragte Kai.

»Eigentlich kam er immer unregelmäßig, oder?« Simon sah mich an und mir fiel auch keine andere Antwort ein. Allerdings waren wir ja vormittags in der Schule und konnten nicht wissen, ob sich der Löchergräber so lange hier unten herumgetrieben hatte oder nicht.

»Na, dann gehen wir doch mal runter und warten einfach, oder?«, sagte Kai.

Ein paar Meter war er bereits unterwegs, da geschah es.

Offensichtlich hatte er die linke Ferse zu forsch auf den Schotter gesetzt. Sie rutschte weg und Kai verlor den Halt. Mit einem Aufschrei saß er plötzlich auf dem Hosenboden und rutschte den Abhang runter.

»Verdammt!«, rief er.

Und Simon, Lara und ich sahen, wie einhundertzwanzig Kilo Privatdetektiv ungebremst talwärts rauschten und unten im Kies liegen blieben. Wie ein Käfer auf dem Rücken zappelte Kai für einen Augenblick mit seinen Beinen.

Ich ahnte nichts Gutes für seine Schulter. Gleich darauf aber sah Kai zu uns nach oben und winkte mit dem gesunden Arm.

»Nichts passiert«, rief er. »Fast ein Wunder!«

Wir atmeten erleichtert auf.

»Das sah vielleicht komisch aus!«, rief Lara ihm zu und wir machten uns ebenfalls auf den Weg nach unten.

Kais Hose war verdreckt und hatte ein Loch im Gesäß. Kai scherte sich nicht darum. Er war froh, dass ihm nicht mehr passiert war. Und als er wieder stand, ließ er seine Blicke voller Bewunderung über die Flussau schweifen.

»Das ist ja richtig schön hier!«, schwärmte er und begann erstaunlich geschickt über die rund gewaschenen Steine des Flussbetts zu tänzeln.

»Und wo sind die Löcher?« Er drehte sich nach uns um und kräuselte die Stirn.

Das war das Stichwort für Lara.

Wie von der Tarantel gestochen rannte sie los, verschwand im Dschungelpfad und stand mit einem Ausdruck des Triumphes auf der Lichtung, als Simon und ich mit einem schnaufenden Kai zu ihr stießen.

»Hier sind die Löcher!«, antwortete Lara feierlich. »Und jetzt mal genau herschauen und mitzählen!«

Mit großen Schritten stapfte sie auf eines der Löcher zu.

Während Simon und ich laut mitzählten, stieß Lara bei jedem ihrer Schritte ein Wort aus:

»Wie – die – Oliven – auf – meiner – Pizza – Margherita – sind – die – Löcher . . .« Sie blieb stehen, schaute uns erwartungsvoll an und beendete ihren Satz: ». . . alle im gleichen Abstand verteilt! Und zwar von den Bäumen aus gesehen.«

Damit ging sie zum nächsten Baum und schritt in gleicher Weise zu den anderen Löchern.

Die ersten fünf Löcher waren tatsächlich jeweils genau zehn Schritte in westliche Richtung von einem der Bäume entfernt.

Und dann gab es noch mal fünf Löcher. Die hatten einen Abstand von exakt zwanzig Schritten zu den Bäumen.

»Als wenn er sich nicht mehr erinnern könnte, ob zehn oder zwanzig Schritte!«, sagte Lara. »Kapiert ihr?«

Klar kapierten wir. Und wir staunten.

Und wenn Lara Simon in Erstaunen versetzen konnte, dann wollte das was heißen.

»Genial, Lara!«, entfuhr es ihm und er peilte mit seinem Kompass und bestätigte, dass sie genau im Westen lagen.

Lara aalte sich in seinem Lob.

»Ich hab euch nicht zu viel versprochen, was?«

Kai nickte anerkennend mit dem Kopf.

»Aber warum findet er dann nichts?«, fragte ich.

»Vielleicht hat er ja heute schon gefunden, was er sucht«, antwortete Simon. »Können wir ja nicht wissen.«

»Vielleicht«, sagte ich. »Aber trotzdem. Auch wenn er es heute gefunden haben sollte, bleibt die Frage, warum er so lange dafür gebraucht hat.«

»Stimmt«, bemerkte Simon.

»Vielleicht hat er immer knapp daneben gegraben«, sagte Lara.

Kai machte ein zweifelndes Gesicht. »Mal angenommen, er geht mit einem Kompass zu Werke, dann dürfte das eigentlich nicht passieren.«

»Ja«, sagte ich.

»Ja«, sagte auch Simon.

Und dann sagte eine Weile keiner mehr was.

Stumm standen wir auf der Wiese und guckten wieder ahnungslos auf die Löcher. Aus der Sensation um Laras Entdeckung war schnell wieder die Luft raus.

Und Kais Interesse an den Löchern ließ nach.

»Lasst uns doch einmal an das Ufer gehen«, sagte er. »Ich glaube, das ist der ideale Ort für Carlo Clown und Florian Flattereule.«

Simon, Lara und ich warfen uns fragende Blicke

zu. So ungefähr: An was für einen Irren sind wir denn da geraten? Als hätte er seinen Auftrag und den bevorstehenden Anruf von ›Forelle‹ vergessen.

»Da vorne auf dem großen Stein«, fuhr Kai fort. »Da könnte ich ein tolles Foto von Carlo Clown machen! Und Florian Flattereule vielleicht da vorne auf der alten Wurzel?«

»Carlo Clown? Florian Flattereule? Sollten wir uns nicht lieber um die Löcher kümmern?«, fragte Simon ungeduldig.

»Ja!«, meinte auch Lara. »Die Löcher!«

»Die Löcher! Klar!«, antwortete Kai. »Aber die laufen uns ja nicht weg. Die Löcher sind gegraben und der Typ ist nicht da. Und ich muss dieses Licht ausnützen und die Gegend hier. Für mein Bastelbuch, versteht ihr?«

Wir verstanden. Kai wollte jetzt fotografieren. Seine Fotoausrüstung war oben im Auto geblieben, er verletzt und nicht in der Lage, die Sachen nach unten zu tragen.

Leicht auszumalen, was das bedeutete.

»Na gut«, sagte Lara. »Ich hol Florian Flattereule und Carlo Clown.«

Und damit fiel auf Simon und mich der unangenehme Teil des Jobs. Nämlich das Schleppen der Fotokoffer, in denen sich Kais Ausrüstung befand.

Während wenig später Lara mit Carlo Clown in

der Linken und Florian Flattereule in der Rechten vor uns den Pfad hinunterschwebte, kämpften Simon und ich ums Überleben. Der Silberkoffer mit seinem Gewicht wollte schneller den Berg runter als ich. Mit letzter Kraft stemmte ich mich gegen die Schwerkraft und schaffte es gerade noch, ein Unglück zu verhindern. Simon ging es mit einem kleineren Koffer, dafür aber noch einem schweren Stativ, nicht besser.

»Uaaaahhh!«, hörte ich ihn hinter mir.

Lara war längst schon da, als wir das schweißtreibende Gewicht der Koffer bis ans Ufer schleppten.

Und dann begannen wir Privatdetektive unseren Nebenjob als Fotoassistenten. Wir packten die Kamera aus dem Koffer, schraubten sie auf das Stativ und legten unter Kais Anleitung einen Film ein. Es war ein riesenhafter Fotoapparat, ganz anders als die, die ich sonst kannte. Eine so genannte Mittelformatkamera für große Negative. Ein Profigerät. Bestimmt ein Vermögen wert.

Nachdem der Film eingelegt war, setzten wir Carlo Clown auf einen großen Stein in der Nähe des Wassers. Carlo Clown war eine aus Pappmaché gebastelte Figur, bei der Kopf und Körper mit einer alten Spiralfeder verbunden waren. Wenn man die Figur bewegte, wackelte der Kopf.

Florian Flattereule war eine Art Hampelmann, nur eben als Eule. Zog man an der Schnur, die unter der Eule zum Vorschein kam, wackelten die Flügel.

Kais Wünschen folgend schleppte Simon die Kamera samt Stativ mal hier- und mal dorthin. Immer wieder beugte sich Kai über die Kamera und schaute durch den Sucher. Dann maß er das Licht und fotografierte.

Carlo Clown fotografierte er am Wasser, während er Florian Flattereule an dem Ast eines der Büsche am Rand des Dschungels hängen sehen wollte.

»Was hältst du hiervon?«, fragte er mich und hängte Florian Flattereule an einen ganz bestimmten Ast.

»Gut!«, sagte ich, hatte aber keine Ahnung, warum dieser Ast besser sein sollte als jeder x-beliebige.

Der Baum, an dem Florian Flattereule baumelte, war zwei Meter von der Stelle entfernt, an der der Dschungelpfad auf den Uferkies des Flusses stieß.

»Lass mich mal schauen«, sagte Kai und dirigierte mich mit der Kamera ein paar Schritte zurück. »Stell die Kamera hier hin und fahr das Stativ zehn Zentimeter weiter aus.«

Danach schaute er durch die Kamera und murmelte vor sich hin: »Nicht schlecht so.«

Aber ein Ast eines anderen Busches störte im Bild. Kai schickte mich den Ast aus dem Bild zu halten, solange er fotografierte.

So verbrachte ich die Zeit des Fotografierens mit Asthalten und fragte mich, was das mit unserem neuen Leben als Privatdetektive zu tun hatte. Gelangweilt warf ich meine Blicke über die Landschaft. Ich schaute in den Dschungel, auf den Kies, zwischen die Steine. Auf angeschwemmte, glatt gespülte Äste jeder Größe, ein paar Spraydosen, eine Kreditkarte . . .

Ich schreckte hoch!

Da lag doch tatsächlich eine Kreditkarte!

Kaum war Florian Flattereule im Kasten, ließ ich den Ast los und war mit einem Sprung bei der Karte.

»Was hast du da?«, rief Lara und stand Sekunden später neben mir.

Es war keine Kreditkarte. Sondern eine Mitgliedskarte für irgendein Einkaufszentrum, nichts Besonderes also.

»Hey, zeig mal!«

Mittlerweile war auch Simon bei mir gelandet und fuhr seine Greifer aus.

Kai schnaufte ebenfalls heran.

»Was gefunden?«, fragte er.

Simon schnappte sich die Karte, schaute sie sich genau an und gab sie an Kai weiter.

»Irgendeine blöde Mitgliedskarte!«, sagte er enttäuscht.

»Vielleicht hat die der Löchergräber hier verloren«, sagte Lara. »Als er gestern vom Dschungel rüber zur Insel ist, ist er genau hier vorbeigekommen!«

»Peter Bichel«, las Kai laut vor. »Sagt euch der Name was?«

Wir schüttelten die Köpfe.

Aber Lara grübelte laut weiter. »Er ist bestimmt ein Bankräuber! Und will jetzt die Beute holen! Vielleicht liegt der Bankraub schon ein paar Jahre zurück und er weiß jetzt nicht mehr genau, wo er die Beute vergraben hat. Deswegen die vielen Löcher.«

»Könnte sein«, sagte Kai. »Vielleicht ist die Tat mittlerweile verjährt und er braucht sich um Bestrafung keine Sorgen mehr zu machen. Und er kann getrost das Geld ausbuddeln.«

»Verjährt?!«, fragte Lara.

Und Kai erklärte uns, was verjährt bedeutet.

Zum Beispiel, wenn ein Dieb nach einem Diebstahl nicht gleich gefasst wird; wenn es ihm gelingt, viele Jahre nicht gefasst zu werden, dann

kann es sein, dass er für die zurückliegende Tat nicht mehr bestraft werden kann. Weil zu viel Zeit vergangen ist.

»Verjährungsdauer ist unterschiedlich, je nach Straftat«, sagte Kai. »Für einen Bankraub dürften es zehn Jahre oder so sein.«

»Und dann kann man das Geld behalten, wenn man nicht erwischt wird?«, fragte Simon.

»Nein, die Beute muss immer an den Eigentümer zurück.«

»War bei uns mal ein Bankraub? Kann mich nicht erinnern!« Lara stemmte ihre Hände in die Hüften und machte ein nachdenkliches Gesicht.

»Man könnte bei der Zeitung nachfragen«, sagte Simon. »Die haben ein Archiv. Wenn es einen Bankraub gegeben hat, dann steht das da drin.«

Lara strahlte übers ganze Gesicht. »Tolle Idee!«, rief sie. »Lasst uns zur Zeitung fahren!«

Kai hob abwehrend seine linke Hand. »Halt, halt!«, sagte er. »Ist doch gar nicht meine Aufgabe. Ich soll doch hier unten nur observieren!«

Aber Kai hatte nicht mit Laras Dickkopf gerechnet.

Ich war noch nie bei einer Tageszeitung gewesen, kannte Redaktionen nur aus dem Fernsehen, wo aufgescheuchte Redakteure durch Gänge huschten, wenn sie nicht gerade ihre brandaktuellen Geschichten in die Tastatur ihrer Computer hämmerten.

So etwas in dieser Art hatte ich vor Augen, als ich die Glastür zu unserer städtischen Zeitungsredaktion öffnete. Aber nichts erinnerte hier an die Fernsehbilder, die ich im Kopf hatte. Wir landeten vor einem Tresen, hinter dem in zwei Metern Entfernung ein Mann saß und dumpf auf einen Bildschirm starrte. Kaum, dass er dabei seine Finger rührte.

Noch weiter hinten saß eine Frau und telefonierte mit flüsternder Stimme. Es herrschte Grabesstille, kein Geklapper von Schreibmaschinen, kein Klingeln von Telefonen.

Typisch für unser Kaff.

Der Mann vor dem Bildschirm schwenkte dann doch noch seinen Blick in unsere Richtung. Ein kleines Grinsen huschte um seine Lippen.

»Guten Tag«, sagte er. »Möchten Sie eine Anzeige aufgeben?«

»Nein«, sagte Kai und zögerte ein wenig.

»Das ist gut!«, sagte der Mann. »Die Kollegin, die für die Anzeigen zuständig ist, ist nämlich im Augenblick nicht da. Ich bin hier nur Redakteur und hätte Ihnen mit einer Anzeige nicht weiterhelfen können. Was kann ich denn für sie tun?«

Kai lehnte sich an den Tresen und trommelte mit der Hand seines gesunden Armes auf der Arbeitsfläche herum.

»Wie soll ich sagen ...«, begann er zögernd und verstummte auch schon wieder. Und ließ auf weitere Worte warten.

»Nun ...«, begann er dann wieder von neuem.

»Ja bitte?«, fragte der Mann hinter dem Tresen.

»Wir sind Privatdetektive!«, posaunte Lara plötzlich aus. »Und wir brauchen eine Information über Vorkommnisse in der Stadt.«

Der Mann hinter dem Tresen machte ein überraschtes Gesicht und zog seine Augenbrauen hoch. »Privatdetektive!?«, wiederholte er. »Ich dachte, so was gibt es nur im Fernsehen!«

»Nein, nein.« Kai lachte. »Die gibt es wirklich. Und wir hier ... also ... der Privatdetektiv, der bin ich. Das heißt ... eigentlich ... bin ich ja ... Fotograf!«

»Fotograf?«, wunderte sich jetzt der Mann von der Zeitung. »Ich dachte Privatdetektiv!«

»Ja klar, schon auch, nur ... Sie müssen wissen ...«

»Mann! Kai!«, stöhnte Lara.

»Wir brauchen eine Information«, sagte jetzt Simon auch noch einmal.

»So, eine Information!«, sagte der Mann, stand von seinem Arbeitsplatz auf und kam zu uns an den Tresen.

Er musterte interessiert Kais Schulter.

»Sie sind wohl auf Verbrecherjagd angeschossen worden?«, fragte er ironisch.

Kai schüttelte den Kopf. »Ausgekugelt!«

»Und das sind Ihre Assistenten?«, fragte der Zeitungsmann und sah uns dabei an.

»Genau!«, sagte Simon. »Wir sind die Assistenten.«

»Und was ist in unserem stillen Ort vorgefallen,

das sich zu erforschen lohnt?«, fragte der Redakteur.

»Nichts Weltbewegendes ... «, setzte Kai wieder schleppend an. Gelegenheit für mich, auch meinen Beitrag zum Gespräch zu leisten.

»Uns interessiert, ob es hier in der Vergangenheit einmal einen Banküberfall gegeben hat«, sagte ich. »Vielleicht einen nicht aufgeklärten, bei dem man das erbeutete Geld nie gefunden hat. Oder einen Überfall auf einen Geldtransport oder so was in der Art.«

Erst machte der Redakteur große Augen, dann kräuselte er nachdenklich seine Stirn und schüttelte schließlich langsam den Kopf.

»Banküberfall?«, murmelte er vor sich hin. »Überfall auf einen Geldtransport? Nein, nicht, dass ich wüsste. Das hier ist ein ruhiger Ort.«

»Haben Sie denn keine Möglichkeit nachzusehen?«, fragte Kai. »Es kann sich auch um ein Ereignis handeln, das schon lange zurückliegt. Ein paar Jahre vielleicht. Sie haben doch sicherlich ein Zeitungsarchiv oder so.«

»Haben wir«, sagte der Redakteur und ging an seinen Computer zurück. »Einen Moment mal. Wenn es in der Zeitung stand, dann müsste es auch im Computer sein.« Mit erstaunlicher Geschwindigkeit ließ er seine Finger über die Tasta-

tur tanzen. »Ich gebe als Stichwörter ›Lokalteil‹ und ›Banküberfall‹ ein«, murmelte er vor sich hin, »und werde sehen, was er ausspuckt.«

Er nahm die Maus und bewegte sie hin und her. Seine Mundwinkel zogen sich bald schon nach unten und nach einer Weile schüttelte er wieder den Kopf.

Doch plötzlich: »Hier!«, entfuhr es ihm. »Ein Banküberfall in Braunstädt. Täter geschnappt. Beute sichergestellt. Vor zehn Jahren war das. Jetzt fällt es mir auch wieder ein. Dilettantischer Täter. Flüchtete mit einem uralten Fahrrad ... Aber sonst ... Kein Eintrag.«

Wieder Kopfschütteln.

Kai trat neben mir unruhig von einem Bein aufs andere und machte in kurzen Abständen immer wieder »Aha. Aha. Aha.«.

»Und sonst?«, fragte Lara über den Tresen hinweg. »Nichts Kriminelles? Kein Geld gestohlen, Gold, Schmuck, Edelsteine?«

»Nee, tut mir Leid.« Der Redakteur schüttelte bedauernd den Kopf.

Wir verabschiedeten uns und waren schon fast wieder draußen, die Hand noch an der Klinke und bereits halb durch die Tür, als wir den Redakteur plötzlich rufen hörten.

»Da fällt mir gerade etwas ein!«

Wie der Blitz war Lara zurück bei dem Zeitungsmann und starrte ihn mit großen Augen an. Wir folgten ihr.

»Es ist nichts, was ich im Archiv gefunden habe. Dazu ist es zu lange her. So ungefähr zwanzig Jahre.«

»Was war da?« Lara war schon ganz zappelig.

»Lohngelder!«, sagte der Redakteur. »Einer Putzfirma hier im Ort wurden die Lohngelder gestohlen, ’ne ziemliche Summe. Der Firmenchef, nicht ganz astrein der Typ, hatte die Löhne immer bar ausgezahlt. Wer weiß, vielleicht auch das eine oder andere Schwarzgeld. Jedenfalls wurde eine Tasche mit Lohngeldern gestohlen. Und man hatte einen Jugendlichen in Verdacht, der bei ihm gejobbt hatte. Aber man hatte nichts gegen ihn in der Hand und musste ihn wieder laufen lassen. Soviel ich weiß, ist das gestohlene Geld nie aufgetaucht.«

»Na, das ist doch was!«, entfuhr es Simon begeistert. Er machte große Augen. Und nicht nur Simons Augen leuchteten, auch Lara war total aufgeregt.

»Mensch! Das ist es!«, rief sie.

Kai war etwas langsamer und machte nur: »Aha!«

»Und was war das für ein Jugendlicher?«

»Oh«, sagte der Redakteur. »Da verlangen Sie ein bisschen viel von mir. Keine Ahnung.«

Ich griff in meine Hosentasche und brachte die Mitgliedskarte zum Vorschein, die ich am Fluss gefunden hatte. »Peter Bichel«, las ich dem Redakteur den Namen vor und zeigte ihm die Karte. »Sagt Ihnen der Name etwas?«

Der Redakteur stand von seinem Schreibtisch auf und kam wieder an den Tresen. Er nahm die Karte in die Hände.

»Tut mir Leid«, sagte er und schüttelte den Kopf. »Fällt mir nichts zu ein.«

»Schade«, sagte ich. »War ein Versuch.«

Wenig später saßen wir im überhitzten Auto und Kai wedelte sich mit einer Straßenkarte Luft zu.

»Immerhin wissen wir jetzt, dass es einen Raub gegeben hat«, sagte Lara.

»Das ist doch was.«

»Und das Geld ist nicht wieder aufgetaucht«, fügte ich hinzu.

»Ja«, sagte Simon. »Aber was bringt uns das? Mir jedenfalls bringt es nichts. Von einem nicht gefundenen Schatz kann ich mir keinen Minidisc-Player kaufen, ein neues Fahrrad auch nicht, genauso wenig einen DVD-Player oder einen eigenen Fernseher für mein Zimmer ... oder eine elektrische Zahnbürste mit Kopfhörer ...«

»Simon«, trällerte Lara. »Es ist guhuut!«

Dann wandte sie sich mir zu und sah mich mit durchdringendem Blick an.

»Luis«, sagte sie. »Deine Eltern sind doch hier aufgewachsen. Falls diese Mitgliedskarte tatsächlich dem Löchergräber gehört und falls dieser Löchergräber einer der Jugendlichen von früher ist, müssten ihn deine Eltern doch vielleicht noch kennen.«

Bevor ich darauf antworten konnte, klingelte plötzlich Kais Handy.

Punkt fünf.

Kai verdrehte viel sagend seine Augen. »Keinen Mucks!«, flüsterte er, bevor er das Gespräch annahm. »Ja?«, meldete er sich. Kurze Pause. Dann: »Ja. Forelle.« Kurz darauf: »Nein.« Dann wieder: »Ja! Nichts Ungewöhnliches beobachtet heute, nein. Er ist nicht wieder aufgetaucht. Es ist davon auszugehen, dass der Mann noch nichts gefunden hat. Sicher. Die Gegend wird von mir weiter observiert. Ja, bis morgen!«

Er legte auf und drehte sich zu uns um. »Und jetzt wäre ich für einen Besuch in der legendären Bella Sardegna. Mein Magen hängt in der Kniekehle. Was meint ihr?«

»Deine Snickers sind wohl alle?«, tönte Simon.

»Du hast es erraten«, antwortete Kai.

Bis auf einen Tisch, an dem zwei Personen saßen, hatten wir im Bella Sardegna freie Auswahl. Es war kurz nach fünf und noch zu früh für die Abendgäste.

Aber obwohl es beinahe leer war, herrschte große Aufregung. Italienische Wortfetzen flogen wie spitze kleine Pfeile durchs Restaurant. Vom Ausschank zum Pizzaofen und zurück. Hinter dem Tresen bei den Getränken stand Laras Mutter. Sie war eine große Frau, eigentlich sehr nett, konnte aber auch ziemlich streng und schlecht gelaunt sein. Laras Vater stand bei Giovanni vor dem Pizzaofen. Alle drei waren in ein wildes Wortgefecht verwickelt.

Laras Eltern um diese Zeit gemeinsam im Bella Sardegna zu sehen war ungewöhnlich. Normalerweise traf man beide nur mittags und abends im Restaurant an. Dazwischen war meistens nur einer von beiden da.

Heute war es anders.

»Hier geht's ja heiß her!«, stellte Kai auch gleich fest, setzte sich an einen der Tische und schlug die Karte auf.

»Bei welcher Pizza hatte Lara noch mal ihre geniale Eingebung?«, fragte er als Nächstes. »So eine Orakel-Pizza will ich nämlich auch.«

»Pizza Margherita mit Oliven!«, erklärte ich, während Lara zu ihrer Mutter an den Ausschank ging.

Kai verzog sein Gesicht.

»Pizza Margherita mit Oliven ist mir zu wenig! Ich will mehr drauf ...«, maulte er.

»Dann Pizza Prosciutto con tutto!«, empfahl Simon. »Die esse ich immer!«

»Con tutto – mit allem? Das hört sich doch nach was an«, sagte Kai zufrieden.

Bevor ich mich für eine Pizza entschieden hatte, kehrte Lara zu uns zurück und brachte das Gespräch auf ein ganz anderes Thema. Sie verdrehte die Augen gegen die Decke und hob theatralisch die Hände.

»Porca miseria!«, schimpfte sie.

Wenn sich Lara ins Italienische flüchtete, war das ein Zeichen dafür, dass es ernst war. Und dann noch ihre Gesten und Handbewegungen! Als würde sie mit einem unsichtbaren Stift ein Bild auf eine unsichtbare Leinwand malen.

»Was ist?«, fragte ich.

»Porca miseria!«

»Red deutsch und sag, was los ist!«, drängte Simon.

»Totaler Stunk in der Küche. Der Fahrer ist ausgefallen. Einfach zu Hause geblieben mitsamt dem Auto. Und das Auto von meinem Vater ist in der Werkstatt. Und sonst ist niemand da, der die Pizzas ausfahren könnte.«

Das Bella Sardegna lieferte nämlich auch ins Haus. Gegen einen kleinen Aufpreis konnte man sich die Pizzas bringen lassen. Ein gewisser Riccardo war dafür zuständig. Und da die Pizzas vom Bella Sardegna so einzigartig waren, machten das viele. Riefen im Restaurant an und konnten sicher sein, dass die Pizza spätestens nach einer Dreiviertelstunde bei ihnen eintraf.

»Wenn in einer halben Stunde kein Ersatz da ist, dann wird es kritisch«, erklärte Lara. »Da rufen die Ersten an und bestellen! Mein Vater ist total stinkig, weil er nicht weiß, wie er sie liefern soll! Kein Fahrer und kein Auto.«

Da machte Simon plötzlich große Augen.

»*Wir* können doch!«, platzte es aus ihm heraus und er grinste in die Runde. »Oder nicht? Kai am Steuer, ich am Knüppel. Und im Kofferraum die Pizzas.«

Erst machte Lara ein komisches Gesicht und es sah so aus, als wollte sie sagen: »Sehr witzig, Simon! Kannst du nicht mal was Sinnvolles sagen?« Aber plötzlich huschte ein Strahlen über ihr Gesicht. Simon hatte was Sinnvolles gesagt.

»Na klar!«, rief sie. »Das ist die Rettung! Was meinst du, Kai?«

Kai schaute ein wenig dumm aus der Wäsche. Er hatte noch nichts kapiert.

»Wovon redet ihr?«, fragte er.

»Pizzas ausfahren!«, sagte Simon.

»Pizzas ausfahren?«, fragte Kai. »Ich wollte Pizza essen, nicht Pizza fahren!«

Wir wurden also Pizzaboten. Für Laras Vater waren wir die Rettung. Wir stellten ihm Kai als Simons Onkel vor. Und von Kais Verband ließ sich Signor Pelutti auch nicht abschrecken. Er kam gar nicht auf die Idee, dass Kai deswegen vielleicht nicht fahren könnte. Pizzas ausfahren hatte absoluten Vorrang.

Und dann ging alles rasend schnell.

Nachdem die ersten Anrufe eingegangen waren,

drückte mir Laras Vater den großen Isolierkoffer in die Hände, in denen die Pizzas während der Fahrt aufbewahrt wurden, steckte Simon einen Zettel mit den Lieferanschriften zu und machte drei Kreuze, als wir davonzogen. Dass ja alles gut gehen würde. Zum Glück wusste er nicht, um was für eine Art ›Fahrgemeinschaft‹ es sich handelte.

Kai und Simon saßen also wie gewohnt vorne und Lara und ich auf der Rückbank. Hinter uns auf der Ladefläche zwischen den Fotokoffern, Carlo Clown und anderen Bastelfiguren stieg verlockender Duft aus dem Pizzakoffer auf.

»Wie das riecht!«, stöhnte Kai. »Und ich habe so einen Hunger!«

Unsere erste Lieferadresse befand sich im Neubauviertel am Ortsrand und wir mussten vier Pizzas in den vierten Stock liefern. Wieder mal ein Job, der mit Privatdetektiv nicht viel zu tun hatte und bei dem Simon und ich die Lastenträger waren! Der Isolierkoffer mit den Pizzas war nämlich alles andere als leicht.

Und weil man ihn nur alleine tragen konnte, wechselten Simon und ich uns ab. Gott sei Dank gab es einen Aufzug, der uns sanft nach oben beförderte. Dort wurden wir bereits sehnsüchtig erwartet. Zwei Kindern und ihren Eltern lief schon das Wasser im Mund zusammen.

Wir öffneten den Koffer, überreichten die Pizzas und kassierten das Geld. Und obendrein noch für jeden von uns einen Euro Trinkgeld.

»Kann so weitergehen«, sagte Simon, steckte sich den Euro in die Tasche und drückte im Aufzug auf ›E‹.

Die nächste Pizza ging in die Pension ›Amsel‹ auf Zimmer Nummer 7.

Kai kam gleich auf die Idee, sich hier nach einem Zimmer zu erkundigen. Er brauchte ja schließlich eine Bleibe – jetzt, da er aus dem Krankenhaus raus war.

Pling!, machten wir mit der Klingel an der Rezeption.

Aus einem Hinterzimmer kam mit schlurfenden Schritten eine ältere Frau mit einem freundlichen Gesicht.

»Womit kann ich dienen?«, fragte sie.

»Wir haben eine Pizza für Zimmer 7«, sagte ich.

»So...!«, sagte sie gedehnt. »Eine Pizza! Wie lecker. Wollt ihr sie vielleicht gleich raufbringen?«

Sie drehte sich nach dem Schlüsselbrett um.

»Der Herr müsste auf seinem Zimmer sein.«

Lara blieb mit Kai, der sich nach den Zimmerpreisen erkundigen wollte, an der Rezeption, während Simon und ich mit dem Pizzakoffer die Treppe nach oben gingen.

Es gab nur einen Gang und Zimmer Nr. 7 war das letzte am hinteren Ende.

Der Boden knarzte unter unseren Füßen und der Isolierkoffer zog schwer an meinem Arm. Der Duft von Käse und Tomaten schlich sich aus den Deckelritzen in den Gang.

Simon klopfte zweimal und rief dann: »Die Pizza!«

»Ah!«, hörten wir von drinnen eine Stimme. Dann schnelle Schritte und die Tür ging auf.

Mir fiel vor Schreck beinahe der Isolierkoffer aus den Händen und ich merkte, wie Simon neben mir die Luft anhielt und schluckte. Wir rangen nach Fassung.

Er war ohne Spaten und er schwitzte auch nicht.

Vor uns stand der Löchergräber.

»Sehr schön!«, murmelte der Mann und kramte in seiner Hosentasche nach dem Geld. »Was kostet es?«

Und Simon, dem eben noch vor Schreck die Luft weggeblieben war, hatte in Sekundenschnelle einen genialen Einfall, vor dem ich nur den Hut ziehen konnte.

Während er die Pizza aus dem Karton holte, sagte er mit ruhiger Stimme: »Sind wir hier richtig? Pizza für Herrn Bichel?«

Und der Löchergräber antwortete:

»Da seid ihr richtig, Kinder!«

»Sieben Euro«, presste ich zwischen meinen Lippen hervor und hielt dem Mann meine zitternde Hand entgegen.

»Guten Appetit!«, wünschte Simon noch. Dann ging die Tür zu und wir beeilten uns von hier fortzukommen.

»Ihr glaubt es nicht!«, brüllte ich, sobald wir im Auto saßen.

»Ratet mal, wem wir die Pizza serviert haben!«

Kai zuckte mit seiner gesunden Schulter.

»Leider nicht mir«, seufzte er. »Habe mächtig Hunger!«

»Ihr werdet nie draufkommen!«, sagte ich.

»Dann sag schon. Spann uns nicht auf die Folter!«, drängelte Lara.

»Dem Löchergräber vom Fluss!«, sagte ich.

»Dem Löchergräber vom Fluss!«, wiederholte Simon.

»Dem Löchergräber vom Fluss?!«, entfuhr es Lara aufgeregt. »Wirklich!?«

»Dem Löchergräber vom Fluss!«, bestätigte Simon. »Und er heißt Peter Bichel. Was sagt ihr jetzt?!«

Und dann erntete Simon für seinen genialen Einfall höchstes Lob.

»Das hast du klasse gemacht«, sagte Lara. »Jetzt

wissen wir, dass er der Typ von der Mitgliedskarte ist.«

»Und gar nicht so schlecht, dass ich mich hier eingemietet habe«, bemerkte Kai. »Ich und der Löchergräber unter einem Dach. Da werde ich ihn in Ruhe beobachten können.«

Nachdem wir alle Pizzas ausgefahren hatten, war es ein wenig spät geworden, bis ich zu Hause beim Abendessen antanzte. Ein bisschen sehr spät. Halb acht war es, und dass ich mit Laras Handy meine Verspätung angekündigt hatte, hatte zwar größeren Stunk ferngehalten, aber eitel Sonnenschein herrschte auch nicht gerade.

Da kam es gelegen, dass ich meine Eltern nach Peter Bichel fragen konnte. Denn Geschichten von früher stimmten sie immer milde.

So war es dann auch.

»Peter Bichel, Peter Bichel …«, murmelte mein Vater vor sich hin und kramte in seinem Gedächtnis.

Dann deutete er mit dem Zeigefinger über den Tisch hinweg auf meine Mutter und sagte: »Das ist doch dieser Knirps, der dich in der Disko immer zum Tanzen aufgefordert hat. Der, dem du hättest auf den Kopf spucken können.«

Das wies meine Mutter allerdings weit von sich.

»Mich hat nie ein Knirps zum Tanzen aufgefordert!«

Meine Mutter hatte ganz andere Erinnerungen.

»Peter Bichel«, sagte sie. »Ist das nicht der Bruder von der Susanne, eine Klasse über mir, dieser Schwarzhaarigen, die so früh zu rauchen angefangen hat? Die Familie ist doch dann von hier weggezogen. Nach Hamburg oder so.«

»Richtig!« Mein Vater schnipste mit den Fingern. »Und irgendwie war dieser Bichel in eine unangenehme Geschichte verwickelt. Erinnerst du dich, Schatz?«

Jetzt schnipste er wieder mit den Fingern unter der Nase meiner Mutter herum. Und die erinnerte sich.

»Stimmt!«, sagte sie und nickte. »Dem Putz-Meier wurden die Lohngelder geklaut. Und Bichel geriet in Verdacht, sie gestohlen zu haben. Er hatte doch damals gemeinsam mit einem Freund bei ihm gejobbt. Aber man konnte ihm nichts nachweisen. Soviel ich weiß, tauchte das Geld nicht wieder auf.«

»So ist es«, bestätigte mein Vater. »Und das geschah dem Putz-Meier ganz recht. War schließlich ein Ausbeuter. Ich hab selber mal bei ihm gejobbt. Der hat am Ende immer weniger bezahlt, als vereinbart war.«

Was meine Eltern erzählten, stimmte also mit den Informationen überein, die wir vom Zeitungsredakteur erhalten hatten! Bis auf einen Punkt.

»Der Bichel hatte mit einem Freund bei der Firma gejobbt?«, fragte ich. »Wer war dieser Freund?«

Mein Vater kräuselte seine Stirn.

»Das war kein Unbekannter«, sagte er. »Niemand Geringeres als der Brock.«

»Brock?«, staunte ich. »Der Kaufhaus-Brock?«

»Genau der! Sag mal, wieso willst du das alles so genau wissen? Und wie kommst du überhaupt auf den Bichel?«

»Ach«, sagte ich. »Wir haben eine Mitgliedskarte gefunden, die auf den Namen Peter Bichel ausgestellt ist, und Simons Mutter meinte ihn von früher zu kennen und wunderte sich, dass er in der Gegend ist.«

»Der Bichel ist in der Gegend?«, sagte mein Vater. »Was will der denn hier?«

»Brock!?«, staunte Simon. »Der Kaufhaus-Brock?«

»Genau der!«, sagte ich.

Der Kaufhaus-Brock war so was wie der reichste Mann im Ort. Er besaß das große Kaufhaus und das Kino und ein paar Restaurants.

»Der hat damals mit dem Bichel beim Putz-Meier gejobbt. Könnte doch sein, dass er ebenfalls mit der Sache zu tun hat.«

»Aber er ist damals nicht mit dem Bichel zusammen verdächtigt worden?«

»Anscheinend nicht, so wie es meine Eltern dargestellt haben. Und der Redakteur von der Zeitung sagt ja auch, dass nur einer verdächtigt wurde.«

Wir standen vor der Pizzeria, die Räder zwischen unseren Beinen, und warteten auf Lara, die noch mal schnell aufs Klo musste. Während Kai mit dem Bus nach Braunstädt zum Verbandwechsel gefahren war, wollten wir wieder die Flusskurve observieren. Wir waren allerdings diesmal ebenfalls mit einem Spaten bewaffnet, denn mit Observieren alleine wollten wir uns nicht mehr zufrieden geben.

Simon wollte unbedingt graben und sich das Geld holen. Er wollte endlich einen DVD-Player und seine elektrische Zahnbürste mit Kopfhörer. Er saß auf dem Gepäckträger seines Rades und glotzte in die Landschaft.

»Sony oder Philips, was meinst du?«, fragte er.

»Was Sony oder Philips?«, fragte ich.

»Na, der DVD-Player!«

»Mann Simon, hast du keine anderen Sorgen?«

»Hab ich«, sagte Simon. »Ich weiß nämlich nicht, ob ich Aktivboxen für meine elektrische Zahnbürste nehmen soll.«

»Glaubst du wirklich, dass wir damit rechnen können, da unten was zu finden?«

»Klar! Wieso haben wir sonst den Spaten dabei?«

Simon verstummte erst mal und guckte eine Weile wortlos in die Landschaft. Dann beobachtete ich, wie sein Blick an der Kastanie hängen blieb, die neben der Pizzeria stand und ihren Schatten auf ein paar Tische im Garten warf. Er

wollte seinen Blick gar nicht mehr von dem Baum lassen und langsam rutschte sein Unterkiefer nach unten, als hätte er da oben eine sensationelle Entdeckung gemacht, die ihn in Staunen versetzte.

»Mensch!«, entfuhr es ihm dann auch gleich. »Das ist es!«

»Was ist was?«, fragte ich.

»Schau doch mal da hoch in die Kastanie!«, forderte er mich auf.

Ich tat ihm den Gefallen und guckte in die Kastanie.

»Und?«

»Schaust du auch in die Kastanie hoch?«, fragte Simon.

»Ja, ich schau in die Kastanie hoch!«

»Fällt dir was auf?«

»Was soll mir denn auffallen?«, fragte ich.

»Fällt dir echt nichts auf?«

»Mann! Mach's nicht so spannend! Ich sehe eine Kastanie! Und?!«

»Und was passiert gerade oben im Wipfel der Kastanie?«

»Was soll die Frage?«, fuhr ich ihn ungeduldig an. »Spinnst du jetzt oder was? Was soll in dem Wipfel schon sein, ein Vogelnest wird gebaut!«

Simon verdrehte die Augen. »Ein Vogelnest wird gebaut«, stöhnte er. »So ein Blödsinn!«

»Was'n sonst?«

»Wind! Der Baumwipfel bewegt sich.«

»Wind?! Es ist kein Wind. Nichts bewegt sich.«

»Aber wenn Wind wäre, dann wäre Wind. Und dann würde sich der Baumwipfel bewegen.«

»Simon! Bist du noch zu retten?«

»Na, kapierst du nicht?«

»Nein, ich kapiere nicht! Außer du bist besoffen!«

O Mann! Wenn Wind wäre, dann wäre Wind! Nicht auszuhalten!

»Erinnerst du dich an den Sturm vor zwei Jahren?«, sagte er. »Der so viele Bäume umgehauen hat.«

Ich erinnerte mich. Es war ein gewaltiger Sturm, ein Orkan, und für einen kurzen Augenblick hatten wir zu Hause sogar Stromausfall gehabt. In den Wäldern der Umgebung hatte er riesige Schneisen geblasen und noch immer lagen an manchen Stellen die Bäume kreuz und quer.

»Na ja«, sagte ich. »So einen Sturm kann man nicht vergessen! Der hat ja alles umgehauen.«

»Genau! Und er hat auch unten im Dschungel ein paar Bäume umgehauen. Genauer gesagt auf der Lichtung. Mitsamt den Wurzeln hat er sie umgehauen. Drei oder vier. Die lagen noch eine ganze Weile in der Landschaft herum, bis Forstarbeiter sie beseitigt haben. Und dann ist Gras drüber ge-

wachsen, auch an den Stellen, wo die Bäume früher standen.«

Mir dämmerte plötzlich, was Simon meinte.

»Du willst sagen . . .«

»Genau!«, unterbrach mich Simon. »Der Baum, an dem sich dieser Bichel orientieren will, der steht gar nicht mehr.«

»Genial!«, entfuhr es mir.

»Bin ja auch ich draufgekommen.«

»Hast du denn 'ne Ahnung, wo die Bäume standen?«

»Wenn nicht ich, wer dann.«

Simons Getue ging mir zwar inzwischen ein bisschen auf die Nerven, aber es stimmte: Keiner kannte die Gegend da unten so gut wie er.

Da kam Lara endlich und schloss ihr Rad auf. Simon verriet ihr noch nichts von seiner Entdeckung. Als echter Wichtigtuer wollte er sie wohl erst am Fluss damit überraschen.

Aber der Spaten, den sich Simon ans Rad gebunden hatte, entging ihr natürlich nicht.

»Au ja, wollen wir nach dem Schatz suchen?«, fragte sie gleich.

»Ich will den Schatz *finden*!«, sagte Simon bedeutungsvoll. »Das ist ein großer Unterschied zu ›Schatz suchen‹!«

Wir standen auf der Lichtung des Dschungels und niemand sonst war zu sehen.

Simon setzte eine wissenschaftliche Miene auf. Er drehte sich im Kreis und ließ seine Blicke abschätzend über die Wiese wandern. In der einen Hand den Spaten kratzte er sich mit der anderen den Kopf.

»Also da stand früher einer, das weiß ich ziemlich genau.«

Er zeigte in die Mitte der Lichtung ungefähr drei Meter entfernt von einem anderen Baum. Eine sanfte Kuhle markierte diese Stelle. Mit drei, vier großen Schritten ging Simon dorthin, breitete seine Arme auseinander und schwankte im Wind.

»Seht ihr?«

Ein paar Sekunden verstrichen, in denen Simon stumm schwankte, sonst nichts.

»Spinnst du?«, fragte Lara. »Was soll ich sehen?«

»Wer bin ich?«, fragte Simon.

»Ein Schwachkopf!«, sagte Lara.

»Tut mir Leid. Falsche Antwort. Null Punkte.«

»Du wirst es mir ja sicher gleich sagen, was du bist.«

»Ein Baum natürlich!«

»Ich sag ja: Schwachkopf.«

»Nein, Baum.«

»Was für ein Baum?«

»Der hier mal gestanden hat, bevor ihn der Sturm vor zwei Jahren umgehauen hat.«

Lara kapierte erst nicht und verzog genervt ihr Gesicht. Dann aber schien ihr zu dämmern, was Simon ihr zeigen wollte.

»Ach so . . .«, sagte sie zögernd.

Mit drei Riesensätzen war sie bei Simon und schielte nach Westen.

»Mensch!«, entfuhr es ihr. »Gib mir doch mal deinen Kompass!«

Sie schnippte nervös mit den Fingern.

Aber Simon gab den Kompass nicht aus der Hand. Er peilte viel lieber selber und schickte Lara in die anvisierte Richtung. Lara folgte Simons Anweisungen mit großen Schritten genau nach Westen.

»Bisschen nach rechts«, korrigierte Simon. »Ja, so ist es gut!«

Beim zehnten Schritt stoppte Lara.

»Jetzt stehe ich auf einer Million Euro!«, sagte sie.

»Oder Mark!«, sagte Simon.

»Oder Edelsteine!«, sagte ich. »Los, fang an zu graben!«

Wir waren total aufgekratzt und verschwendeten keinerlei Gedanken an irgendwelche Vorsichtsmaßnahmen wie etwa Schmierestehen oder so was in der Art.

»Her mit dem Spaten!«, forderte Lara und fuchtelte mit ihren Armen herum.

»*Mein* Spaten!«, sagte Simon und schlenderte gemächlich zu ihr, den Spaten locker in der rechten Hand.

»Dann fang aber auch an!«, drängte Lara und trat einen Schritt zur Seite.

Mit einem mächtigen Hieb trieb Simon den Spaten in den Boden, wo Lara eben noch gestanden hatte, und begann zu graben.

Erste Schaufel Erde.

Zweite Schaufel Erde.

Dritte Schaufel Erde.

Vierte Schaufel ...

Fünfte ...

Sechste ...

Simon geriet ganz schön ins Schwitzen. Das Loch hatte bald die Ausmaße der anderen Löcher erreicht, aber auf einen Schatz stieß er nicht.

Es dauerte nicht lange, da war der Enthusiasmus der ersten Minuten verflogen und Simon verlor die Lust. »Jetzt könnt ihr mal!«, schnaufte und japste er und drückte mir den Spaten in die Hände.

Im gleichen Loch weiterzugraben hatte keinen Sinn. Es gab ja noch die Zwanzig-Schritte-Variante. Also maß ich zehn weitere große Schritte nach Westen und begann dort zu graben.

Ich stellte fest, dass Graben nicht gerade zu meinen Lieblingsbeschäftigungen gehörte. Außerdem war es heiß und mir lief der Schweiß übers Gesicht. Trotzdem schaffte ich mein Loch. Genauso tief und breit wie die anderen und das von Simon.

Erschöpft sprang ich hinein und setzte mich auf den Rand des Loches.

»Mist!«, sagte Lara neben mir enttäuscht, während ich mit dem Spaten weiter lustlos im Loch herumstocherte.

»War wohl nichts«, sagte ich.

»Wir müssen noch andere Löcher graben«, sagte Simon hinter mir. »Es gab noch dreihundert andere Bäume, die damals im Sturm umgefallen sind. Macht dreihundert Löcher mit zehn Schritt Entfernung und dreihundert Löcher in zwanzig Schritt Entfernung. Macht sechshundert Löcher, und wenn wir ...«

»Simon!«, trällerte Lara genervt. »Ende!«

»Okay, okay«, sagte Simon. »Dreihundert war gelogen. Es waren nur drei. Aber die gab es hier wirklich. Ich schwöre.«

»O Mann!«, stöhnte ich und rammte den Spaten auf Höhe des Lochbodens seitlich in die Erde. Ich legte meine ganze Enttäuschung und Erschöpfung in diesen Hieb und kam mit dem Spaten ziemlich tief.

Aber da war nicht nur Erde, auf die ich stieß. Da gab es noch etwas anderes, etwas Weiches. Vor Aufregung wurden meine Hände ganz feucht.

Augenblicklich begann ich so etwas wie einen kleinen Tunnel oder Stollen in die Richtung meines Fundes zu graben.

Und tatsächlich.

Nach zehn Zentimetern schimmerte es gelb aus der Erde hervor.

»Schaut mal her!«, rief ich aufgeregt.

Im Nu waren zwei Köpfe über dem Loch. Lara und Simon verfolgten mit weit aufgerissenen Augen, wie das Gelb unter meinen vorsichtigen Spatenstichen größer wurde.

»Wahnsinn!«, rief Simon. »Los, mach schneller!«

Mal mit dem Spaten, mal mit den Händen buddelte ich weiter. Allmählich wurde mein Tunnel größer, so dass ich eindeutig eine Tasche erkennen konnte. Gelbes Plastik, durch das sich zahlreiche Risse zogen. Ein paar Spatenstiche noch und ich beförderte sie ins Freie.

Die Tasche war in einem ziemlich üblen Zustand. Sie war rechteckig und fühlte sich weich gepolstert an und an manchen Stellen quoll das Füllmaterial hervor. Rundherum der Kunststoff war rau und porös. Es musste sich um so was wie eine Kühltasche handeln.

»Wow«, hauchte neben mir Simon voller Ehrfurcht. »Also tatsächlich! Ein Schatz.«

»Wahnsinn!«, rief Lara und sprang aufgeregt auf der Wiese auf und ab. »Was ist drinnen? Was ist drinnen? Los, mach auf!«

Ich stieg mit der Tasche aus dem Loch und machte mich am Reißverschluss zu schaffen. Aber der war nicht leicht zu öffnen, denn der Rost hatte sich in die Zähne gefressen. Nur unter größeren Anstrengungen ließ er sich bewegen. Aber schließlich hatte ich die Hälfte geschafft und Simons neugierige Hände legten den Deckel so weit es ging zur Seite.

Was wir dann sahen, kannten wir nur aus dem Fernsehen. Zum Beispiel, wenn Gangster bei der Geldübergabe den Lösegeldkoffer zur Kontrolle öffneten.

In ordentlichen Reihen lächelten uns Bündel von Hundert-Mark-Scheinen an.

»Wahnsinn!«, sagte ich nur.

»Wie viel ist das?! Wie viel ist das?!«, schrie Lara. Sie war vollkommen aus dem Häuschen. »Ich hab's ja gesagt! Ein Schatz! Ein Schatz!«

»Verdammt!«

Das war Simon. Er hockte neben mir und sah hinauf zum Waldrand.

Laras und meine Blicke flogen herum. Ich sah,

wie Peter Bichel mit seiner geschulterten Schaufel den Pfad hinabrutschte. Er schien sich auf den Weg zu konzentrieren, seine Augen waren auf die nächsten Meter gerichtet.

Wenn wir schnell handelten, würde er uns nicht bemerken. Wir durften keine Zeit verlieren. Ich packte die Tasche, Simon den Spaten und wir machten, dass wir von der Lichtung kamen. Schlugen uns so schnell wir konnten in die angrenzenden Büsche, wo wir uns mit klopfenden Herzen hinters Laub kauerten.

»Was jetzt?«, flüsterte Lara.

»Abwarten!«, flüsterte ich zurück.

Es dauerte nicht lange, da hörten wir seine Schritte den Dschungelpfad entlangkommen. Sekunden später war er auf der Lichtung angelangt.

Dass die beiden neuen Löcher nicht von ihm stammten, bemerkte er sofort.

Er bückte sich in meines hinein, entdeckte den Seitentunnel und fluchte.

»Verflixt!«

Er richtete sich auf und drehte sich suchend im Kreis, bevor er die zwanzig Schritte zurücklegte, die ihn an die Stelle brachten, wo früher der Baum war. Er schüttelte den Kopf und schlug sich mit der flachen Hand gegen die Stirn. Ärgerte sich wohl, dass er nicht selber darauf gekommen war.

Meine Nerven waren zum Zerreißen angespannt, das Herz schlug mir bis zum Hals.

Was würde er als Nächstes machen?

Wie zur Antwort auf meine Frage klingelte plötzlich ein Handy.

Entsetzt starrte ich auf Laras Finger, die in wilder Aufregung versuchten das blöde Teil zum Schweigen zu bringen. Viel hätte nicht gefehlt und ich wäre in Ohnmacht gefallen, als ich sah, wie der Fremde seine Blicke zielgenau in unsere Richtung lenkte.

»Dein Scheißhandy!«, fauchte Simon Lara an.

Das Handy verstummte, aber es war zu spät. Der Fremde kam in unsere Richtung. Erst mit recht zögerlichen Schritten, dann immer schneller, bis er schließlich rannte.

»Los, weg hier!«, zischte ich.

Aber wohin?

Hinter uns war das Gestrüpp viel zu dicht, da war keine Flucht möglich.

Um auf den Dschungelpfad zu gelangen, mussten wir ein paar Schritte auf die Lichtung hinaus, fünf Meter nach rechts und dann den Weg entlang.

»Jetzt!«

Ich stand schon auf der Lichtung. Meine Hände in die Tasche gekrallt wartete ich auf Lara und Simon. Für Sekunden blickte uns Bichel in die

Gesichter, dann sah er uns nur noch von hinten. Denn wir rannten um unser Leben.

»Hey!«, rief er hinter uns. »Wartet mal! Das ist meine Tasche!«

Den Pfad entlang, durch den Dschungel, über die Steine des Flussbetts, den Fluss hindurch, auf die Insel, von dort ans andere Ufer.

Das war unser Fluchtweg. Und drüben angelangt rannten wir so schnell wir konnten flussabwärts.

Ich warf gehetzte Blicke zurück. Ich sah Bichel unschlüssig am anderen Flussufer stehen, bevor mir Büsche und Sträucher den Blick versperrten.

Wir rannten und rannten, bis die Lungen brannten. Irgendwann, als wir nicht mehr konnten, pendelten unsere Schritte allmählich aus und unsere Oberkörper klappten vor Erschöpfung nach vorne.

Er stand im Weg, als hätte er zu viele billige Filme gesehen. Die Beine breit, die Daumen hinter den Gürtel versenkt. Es war Martin, der jüngere der Schmittis. Ich brauchte mir keine Illusionen zu machen, dass er vielleicht alleine wäre. Mit einem hätten wir es aufnehmen können. Mit einer in Rage geratenen Lara vielleicht sogar mit zweien. Aber mit allen, das konnten wir vergessen.

Hinter den Büschen war ein Gackern zu hören. Da steckten also die anderen. Wer weiß, als was sie sich fühlten. Robin Hood oder Tarzan?

»Sieh an! Sieh an!«

Dieser Wortschatz! Umwerfend!

»Wen haben wir da?«

Einer von ihnen kam hinter den Büschen vor und sah auf meine Fracht, die ich immer noch umklammerte wie ein Ertrinkender eine Holzplanke.

»Und *was* haben wir da?«, fragte er.

Was ich da hatte, das interessierte auch die anderen. Keine drei Sekunden und sie waren komplett.

»Kommt schon!«, sagte Simon in versöhnlichem Tonfall. »Lasst uns durch. Wir haben euch doch nichts getan.«

»Da ist ja noch Erde an der Tasche!«, stellte einer von ihnen fest. »Sicher haben die Zwerge gerade einen Schatz ausgegraben.«

»Genau!«, tönte ein anderer. »Den Schmuck von Schneewittchen!«

»Her mit der Beute!«

»Das müssen wir zur Polizei bringen«, sagte Lara entschieden.

»Wir sind die Polizei! Die Flusspolizei. Los, her damit!«

Es erschien mir zwecklos. Ich war viel zu kaputt für eine weitere Flucht. Trotzdem: Ohne Gegenwehr wollte ich sie nicht hergeben.

Nicht diese Tasche!

Nur, was sollte ich tun? Ich saß in der Falle. Zurück konnte ich nicht. Die Gefahr, Bichel in die Hände zu laufen, war zu groß. Geradeaus mitten

durch die Schmittis war illusorisch. Trotz dieser Überlegungen packte mich plötzlich ein panischer Fluchtinstinkt und ich stürmte wie ein Irrer seitlich ins Gebüsch. Absoluter Quatsch. Nach wenigen Metern verfing ich mich im dichten Dornengestrüpp. In aller Seelenruhe trabte einer der Schmittis heran und riss mir die Tasche aus der Hand. Pflückte sie wie eine seltene Frucht, die an diesem Gestrüpp wuchs.

»Gib die Tasche wieder her!«, rief ich voller Zorn.

Aber da waren sie schon verschwunden. Alle fünf.

Keine Tasche mehr, keine Schmittis mehr.

»Scheiße!«, fluchte Simon. »Scheiße! Scheiße!«

»Porca miseria!«, fluchte Lara.

Immerhin hatten die Schmittis nichts mit Gesichtsmassage im Sinn gehabt. Aber mir waren die Striemen und Kratzer auch so genug, die ich mir beim Sprung in die Dornen eingehandelt hatte.

»Alles umsonst!«, zischte ich, als ich mich aus dem Gestrüpp befreite. »Verdammt!«

Da standen wir. Enttäuscht wie die Besiegten. Und voller Wut.

»Welcher Idiot hat denn da auf deinem Handy angerufen?«, schimpfte Simon.

Lara fummelte an ihrem Handy herum.

»Keine Ahnung! Ich probier mal Rückruf.«

Sie drückte auf die Taste, wartete kurz, dann sagte sie:

»Ach, Kai? Hast du gerade bei mir … Ja? Stell dir vor …«

Und dann erzählte sie ihm alles. Wie wir die Tasche gefunden hatten, was drinnen war, wie der Fremde kam, wie das Handy geklingelt hatte, wie wir geflüchtet waren und wie uns dann die Schmittis die Tasche wieder abgenommen hatten.

Die ganze Misere.

Dann verabredete sie mit ihm für vier Uhr ein Treffen im Bella Sardegna.

Als wir unsere Schritte wieder zurück Richtung Flusskurve lenkten, sahen wir uns vorsichtig nach Bichel um. Ob er vielleicht irgendwo auf der Lauer liegen würde. Hinter den Büschen, hinter den Bäumen. Wir waren darauf gefasst, dass er plötzlich wie King Kong hinter einem der Sträucher auftauchen würde.

Tat er aber nicht.

Nicht auf dem Weg zurück und auch nicht beim großen Felsen, an dem die Furt zur Insel begann. Auf der Insel war er auch nicht, nicht im Dschungel, nicht auf der Lichtung.

Er war weg. Gott sei Dank!

Kai hatte Verspätung. Und trotz unseres Missgeschicks wirkte er erleichtert. Der Arzt im Krankenhaus war mit seiner Schulter zufrieden gewesen und hatte ihm einen etwas dünneren Verband angelegt. In der Schlinge steckte der Arm aber immer noch.

Er setzte sich zu uns an den Tisch und bestellte gleich eine Pizza Calzone. Wir hatten schon das Übliche vor uns stehen. Prosciutto für Simon. ›Pizza Orakel‹ für Lara und mich, also eine Margherita mit auf der einen Hälfte kalten Oliven.

»Schöne Pleite, was?«, sagte ich.

»Na ja«, sagte Kai. »Ehrlich gesagt bin ich froh, dass nichts Schlimmeres passiert ist. Wer weiß, wozu dieser Bichel fähig gewesen wäre, wenn er euch erwischt hätte. Jedenfalls ist jetzt Vorsicht angesagt. Ihr müsst vor ihm auf der Hut sein. In seinen Augen habt ja immer noch ihr die Tasche. Und die will er sich bestimmt von euch holen.«

»Schöne Aussichten«, antwortete Simon. »Da kann ich mich ja gleich schon mal in eines der Löcher legen.«

Kai lachte.

»Na, so schlimm wird es nicht kommen«, sagte er und machte große Augen, da gerade seine Pizza gebracht wurde.

»Mmmmhhhh! Das sieht ja lecker aus!«

Und als er genüsslich zu speisen begann, erzählte ich ihm das von Brock.

Dass der damals mit dem Bichel gemeinsam bei der Putzfirma gejobbt hatte. Und dass er vielleicht was mit der Sache zu tun haben könnte.

Kai wurde hellhörig.

»Das ist ja interessant«, sagte er. »Und wer ist dieser Brock?«

»Der ist nicht irgendjemand«, sagte ich. »Dem gehört ein Kaufhaus, das Kino und ein paar Restaurants.«

»Der reichste Mann am Ort«, sagte Simon. »Geld wie Heu.«

»Aha!«, machte Kai und schob sich ein Riesenstück Pizza in den Mund.

»Schotter wie auf ’ner Kiesgrube«, fuhr Simon fort. »Verstehst du? Zaster ohne Ende. Moos wie auf einem schattigen Waldstück. Kohle wie in einem Bergwerk. Flocken wie in einem Schneegestöber. Du weißt, was ich meine?«

»Ja«, antwortete Kai, kaute genüsslich auf der Pizza und grinste Simon an. »Ich weiß, was du meinst.«

»Ich hab’s!«, platzte es aus Lara heraus.

»Hat deine Pizza wieder orakelt?«, fragte ich.

»Wir werden einem der Schmittis einen Besuch abstatten!«, sagte Lara. »Ich weiß, wo der Felix

wohnt. In Obermeinting. Mir ist nämlich gerade eingefallen, dass ich seiner Familie mal zusammen mit Riccardo Pizzas geliefert habe. Wenn wir ihn alleine dort antreffen, können wir ihn uns vornehmen und die Tasche zurückfordern. Wenn die anderen auch da sein sollten, kann Kai uns ja beschützen.«

Kai blieb beinahe der Bissen im Hals stecken.

»Moment, Moment!«, stammelte er. »Da würde ich gerne noch ein Wörtchen mitreden. Was ihr von den Schmittis erzählt habt – ich weiß nicht, ob ich da der Richtige bin zum Beschützen.«

»Ach komm!«, sagte Lara. »Das sind doch nur Halbstarke. Außerdem sind die bestimmt nicht alle beim Felix.«

»Hast du eigentlich eine Waffe?«, fragte Simon.

»Eine Waffe?«, antwortete Kai. »Nein.«

»Keine Knarre?«

»Keine Knarre. Ich hab nur meine Fotoapparate und ein Stativ.«

»Und wenn du mal in Schwierigkeiten gerätst?«, fragte Simon weiter. »Wenn dich einer umlegen will. Aus dem Verkehr ziehen. Alle machen. Müssen Privatdetektive nicht bewaffnet sein?«

»Müssen sie nicht!«, antwortete Kai.

»Auch kein Messer? Wurfstern? Schlagring?«

»Nein!«

»Eisenstange, Boxhandschuh, Knoblauchpresse, Kochlöffel?«

»Simon, halt die Klappe!«, schimpfte Lara. »Sagt mir lieber, wie ihr meine Idee findet?« Sie rutschte ungeduldig auf ihrem Stuhl hin und her. »Einen Versuch ist es doch wert, oder?«

»Okay«, sagte ich. »Fahren wir zum Felix und holen uns das Geld wieder.«

»Meint ihr wirklich?«, fragte Kai etwas kleinlaut.

»Meinen wir!«, antwortete Lara.

Der Verband war zwar dünner und Kais rechter Arm machte den Eindruck, als wäre er schon wieder beweglicher. Aber zum Schalten reichte es immer noch nicht, dafür war Simon noch zuständig. Er war auch unverändert scharf drauf und rührte bereits unruhig mit dem Schaltknüppel herum, noch bevor Kai hinter dem Lenkrad saß.

Nach Obermeinting ging es Richtung Süden. An der Shell-Tankstelle vorbei und dann raus aus der Stadt über die Felder. Eine Weile schlängelte sich die Straße durch die Landschaft, bevor dann der große Wald kam, hinter dem man rechts in Richtung Obermeinting abbiegen musste.

Eine Weile verlief die Autofahrt wie immer. Kai lenkte und Simon schaltete.

Aber dann, kurz bevor wir den Wald erreichten,

warf Kai plötzlich nervöse Blicke in den Innenspiegel.

»Wir werden verfolgt«, sagte er und seine Blicke wechselten hastig von der Straße auf den Innenspiegel und wieder zurück.

Unsere Köpfe flogen gleichzeitig herum. Ein schäbiger Audi 100 war hinter uns, grüne Farbe, Hamburger Kennzeichen.

»Das ist er!«, rief Lara.

Das konnte ich nicht bestätigen. Dazu war das Auto zu weit weg und die Windschutzscheibe zu stark getönt. Aber Lara verließ sich auf ihr Gespür.

»Los, Kai! Drück auf die Tube!«, rief Simon. »Den hängen wir ab!«

Aber Kai drückte nicht auf die Tube. Ein bisschen schneller wurden wir, aber das war kaum der Rede wert.

»Schneller!«, forderte nun Lara.

»Kinder«, seufzte vorne Kai. »Ich kann hier keine Rallye fahren. Erstens habe ich euch im Auto und zweitens habe ich nur eine Hand frei.«

»Gib Gas!«, rief Simon.

Ein bisschen wurden wir wieder schneller. Aber unser Verfolger hatte keine Mühe mitzuhalten.

»Er bleibt dran!«, rief ich nach vorne.

»Gib Gas!«, rief Simon noch mal.

Bis zum Wald schlängelte sich die Straße durch die Felder, und die Kurven hatten so ihre Tücken. Wenn man zu schnell dran war, passierte es schon mal, dass man Bekanntschaft mit dem Straßengraben machte.

»Ich hab eine Idee!«, rief Simon plötzlich. »Da vorne im Wald hinter der lang gezogenen Rechtskurve kommt ein Waldweg. Da musst du rechts reinfahren. Da kommen gleich dichte Büsche, hinter denen können wir uns verstecken, bis er vorbei ist!«

»Versuchen wir es!«

Kai befolgte Simons Anweisungen. Im Wald hinter der genannten Kurve stieg er in die Bremsen und lenkte den Wagen auf den Waldweg. Mit einem Tempo, dass hinten die Fotokoffer und Papierbasteleien einen wilden Tanz veranstalteten.

Mit Carlo Clown wollte ich jetzt nicht tauschen.

Nach einer scharfen Linkskurve des Waldweges kamen die Büsche, hinter denen wir stehen blieben. Durchs dichte Laub konnte man gerade so erahnen, ob jemand auf der Straße an uns vorüberfuhr.

Wir hielten nach unserem Verfolger Ausschau und lauschten. Wir lauschten und guckten, guckten und lauschten.

Aber wir konnten lauschen und gucken so viel wir wollten, da kam kein Auto. Kein Verfolger.

»Hä!?«, machte Simon. »Was soll'n das?«

»Wo ist er?«, fragte Lara.

Minuten verstrichen. Stille.

Kein Auto.

»Vielleicht ist er aus der Kurve geflogen?«, meinte Lara.

War er nicht.

Denn jetzt gab es doch was zu lauschen.

Ein lautes Zischen und der Passat kippte nach links weg. Luft war aus dem linken Hinterreifen entwichen.

Bichel, der Löchergräber, stand neben dem Auto, ein Riesenmesser in der Hand, und riss die Fahrertür auf.

»Das Geld her!«, zischte er.

Nicht nur mir rutschte das Herz in die Hose. Neben mir sackte Lara ein ganzes Stück tiefer in den Autositz.

Und Kai vorne hatte es auch erst einmal die Sprache verschlagen. Was sollte er auch machen? Zum Kämpfen fehlte ihm ein Arm. Außerdem eine Waffe und vielleicht auch der Mut.

»Ist ja gut, Mann!«, versuchte er schließlich den Löchergräber zu beruhigen. »Wir haben kein Geld.«

»Red keinen Quatsch, Dicker! Die Kinder haben mein Geld, ich hab's mit eigenen Augen gesehen. Also rückt es raus, sonst passiert was.«

»Die Schmittis haben es uns weggenommen!«, sagte Simon über Kai hinweg. »Wir haben es wirklich nicht. Ich schwöre!«

»Was soll der Quatsch mit Schmittis? Wer soll das sein?!«

»Eine Bande vom Fluss«, mischte ich mich von hinten ein. »Die haben uns die Tasche abgenommen!«

»So ist es«, bestätigte vorne Kai.

Bichel bückte sich etwas hinunter und ließ seine neugierigen Blicke über die Fotokoffer und die Basteleien wandern. Dann lief er ums Auto herum nach hinten, öffnete die Heckklappe und durchwühlte die Ladefläche nach der Tasche mit dem Geld.

»Vorsicht mit den Bastelsachen!«, rief Kai. »Die sind wertvoll. Die muss ich noch fotografieren!«

›Wertvoll‹, das war wohl das Stichwort.

Anstelle des nicht vorhandenen Gelds schnappte sich Bichel den Fotokoffer und zwei von den Papierfiguren.

»Hey!«, machte vorne Kai. »Die Fotosachen brauche ich. Die Figuren brauche ich auch. Nicht den Peter Pappmaché mitnehmen und auch nicht

Ferdinand Frosch! Ohne die bin ich aufgeschmissen.«

»Umso besser«, gab der Löchergräber zurück. »Mein Geld gegen den Fotokoffer und die Pappmachébrüder! Und mach keine Schwierigkeiten, Dicker!«

Dann verschwand Bichel geräuschlos wie ein Indianer auf dem Kriegspfad.

Und da standen wir im Wald. Ohne Peter Pappmaché und ohne Hinterreifen.

10

»Du weißt ja, wo der Löchergräber wohnt«, sagte Simon zum Trost. »Da kannst du dir das Zeug gleich wieder holen.«

»Glaube kaum, dass ich ihn da noch antreffen werde!«, meinte Kai und wählte die Nummer von der Pension.

Und richtig:

»Kein Peter Bichel mehr«, sagte Kai. »Heute früh angeblich abgereist. Aber der wird sich schon noch mit mir in Verbindung setzen, da bin ich mir ziemlich sicher.«

Reifenwechsel ist Schwerarbeit. Erst recht zusammen mit einem dicken Privatdetektiv, der einen Arm in der Schlinge trägt. Aber er hatte wenigstens eine Ahnung vom Reifenwechsel, das war in unserer schwierigen Situation auch schon was wert. Über eine Stunde schufteten wir uns mit dem Reifen ab. Wuchteten mit dem Wagenheber das Auto hinten in die Höhe. Entfernten den defekten Reifen, wobei sich Lara wie eine Verrückte mit ihrem gesamten Gewicht auf den Kreuzschlüssel warf. Und montierten schließlich das Reserverad, das wir unter dem ganzen Bastelkram hervorgezogen hatten.

Endlich konnten wir unsere Fahrt nach Obermeinting fortsetzen, um ein paar Fotoapparate und Basteleien leichter.

Felix wohnte in einem kleinen Haus am Ortsrand, gleich wenn man reinkam auf der rechten Seite.

Mit etwas gemischten Gefühlen stiegen wir aus dem Auto und guckten uns neugierig um. Ob vielleicht ein paar Fahrräder darauf hindeuteten, dass die Schmittis komplett beim Felix waren. Aber wir sahen nichts. Auch unwahrscheinlich, dass die alle hier waren.

Felix öffnete die Tür, und als er Simon, Lara und mich sah, machte er große Augen. Sofort aber besann er sich und mimte den Coolen.

»Was gibt's?«, fragte er betont gleichgültig.

Die Tür war nur zu einem Spalt geöffnet und

Felix hatte auch nicht die Absicht, das zu ändern. Kai, der sich ein paar Schritte hinter uns herumdrückte, konnte er so nicht sehen.

»Kannst du dir doch denken!«, zischte Simon gleich.

»Tut mir Leid!«, sagte Felix. »Außerhalb der Schule kann ich nicht denken.«

»Das hat man heute Nachmittag gemerkt«, entfuhr es Lara schnippisch.

»Wir wollen die gelbe Tasche mit dem Geld«, schaltete ich mich ein. »Ganz einfach.«

»Was für Geld?«, fragte er.

»Red nicht so blöd daher!«, schimpfte Lara. »Und falls du es noch nicht bemerkt hast: Wir sind nicht alleine da. Wenn du Schwierigkeiten machen willst, bitte! Wir können die Sache auch der Polizei übergeben.«

Sie machte einen Schritt zur Seite und gab den Blick auf Kai frei, als wäre die Polizei mit ihm schon dabei.

Mit Kai zu drohen war ein riskantes Spiel, dachte ich. Zum einen war Kai kein Polizist und zum anderen war er alles andere als gefährlich. Aber es funktionierte. Irgendwie ließ sich Felix davon beeindrucken. Er kam einen Schritt vor die Tür und druckste ein wenig herum.

»Sind Sie von der Polizei?«, fragte er Kai.

»Ich bin in einem Spezialauftrag«, antwortete Kai nur, womit er nichts Unwahres sagte und auch nichts von seiner Harmlosigkeit preisgab.

»War doch nur ein Witz, das mit der Tasche!«, sagte Felix jetzt.

»Fanden wir nicht!«, sagte Lara.

»Und eigentlich wollten wir uns auch schon melden«, sagte er. »Nur wussten wir nicht, wo. Die Sache mit dem Geld war uns gleich zu heiß.«

Wer's glaubt!, dachte ich.

Und Lara dachte es nicht nur.

»Wer's glaubt!«, sagte sie.

»Wo ist die Tasche jetzt?«, fragte Kai.

»Gute Frage«, sagte Felix. »Wo ist die Tasche?«

»Gibt's da auch 'ne gute Antwort zu?«, fragte Simon.

»Nun ...«, sagte Felix und trat von einem Bein aufs andere. »Die ist noch unten am Fluss. Als wir gemerkt hatten, was in der Tasche war, wurde uns etwas mulmig. Aber das Gefühl, Geldbündel durch die Finger gleiten zu lassen, wollten wir uns nicht entgehen lassen. Dabei haben wir bemerkt, dass die Scheine, die tiefer liegen, ziemlich verfault sind. Von unten muss Wasser in die Tasche eingedrungen sein.«

»Das Geld ist verfault?«, fragte Simon. »Glaub ich nicht!«

»Ist aber leider Tatsache«, sagte Felix. »Könnt ihr euch selber überzeugen.«

»Das werden wir auch!«, sagte Lara. »Wo ist die Tasche?«

»Am Fluss unten«, sagte Felix. »Muss ich euch zeigen, das kann man nicht erklären.«

»Dann zeig's uns!«, sagte ich.

»Stopp!«, rief Felix. Wir waren am südlichen Ufer, etwa zweihundert Meter vor der Flusskurve und gingen den Weg, auf dem uns die Schmittis aufgelauert hatten. Auf einmal schlug sich Felix seitlich ins Dickicht, aus dem er Sekunden später mit der gelben Plastiktasche wieder auftauchte.

Lara grabschte gleich danach und begann ungeduldig am Reißverschluss herumzufummeln.

»Was sagen die anderen, wenn du uns die Tasche zurückgibst?«, fragte ich. »Kriegst du da keine Schwierigkeiten?«

»Hoffentlich nicht«, murmelte Felix. »Aber den anderen war die Sache schließlich auch zu heiß. Außerdem: D-Mark und dann auch noch verfault. Tauscht denn die Bank verfaulte D-Mark um?«

Kai hatte vom Umtausch verfaulter D-Mark in Euro keine Ahnung. Er zuckte nur unwissend die Schultern und sah auf Laras Hände, die unter Mühen den Reißverschluss öffneten.

Es ging uns wie beim ersten Mal, obwohl wir da nur wenig Zeit gehabt hatten: Man war sofort geblendet von so viel Geld. Aber auf den zweiten Blick sah man, dass mit dem Geld was nicht stimmte.

Die unteren Scheine waren fast alle verfault, hatten Flecken, Löcher und ausgefranste Ränder. Auch ein paar der oberen Scheine waren schon von der Feuchtigkeit angegriffen.

»Tatsächlich«, seufzte Simon. »Damit kann ich mir doch keinen DVD-Player kaufen.«

»So ein Mist!«, entfuhr es mir.

»Weder von Sony noch von Philips!«, sagte Simon.

»Das schöne Geld!«, sagte Lara.

»War nicht gut genug eingepackt«, stellte Kai trocken fest.

»Wie seid ihr eigentlich an die Tasche gekommen?«, wollte Felix wissen.

»Haben wir gefunden«, antwortete Lara. »Ausgegraben!«

»Und woher stammt das Geld?«

»Das versuchen wir gerade herauszufinden!«, antwortete Kai.

Er nahm Lara die Tasche ab und inspizierte sie genauer. Dann drückte er sie mir in die Hände und wandte sich schweigend zum Gehen.

Eine ganze Weile sagte er nichts mehr. Nicht auf

der Rückfahrt nach Obermeinting, wo wir Felix absetzten, und auch nicht auf der Fahrt nach Hause.

Kai war am Grübeln. Aber er teilte uns seine Gedanken nicht mit. Er wirkte so nachdenklich, dass er sogar das Autofahren vergaß. Zwar nicht das Lenken, aber das Gasgeben. Der Motor grummelte untertourig vor sich hin und Simon hatte keine Ahnung, wie und ob er schalten sollte.

Doch dann! Wir sahen die Stadt schon vor uns, da gab Kai mit einem Mal wieder Gas. War wie verwandelt.

»Zweiten!«, fiel das schnelle Kommando an Simon.

»In den Zweiten herunterschalten, um zu beschleunigen, bitte!«, wiederholte Kai mit Nachdruck, als Simon erst mal nicht sofort schaltete, dass er schalten sollte.

»Warum plötzlich so eilig?«, fragte Lara.

»Wollen doch mal sehen!«, knurrte Kai. »Wie spät ist es?«

»Kurz vor fünf!«, sagte ich.

»Dann müssen wir uns beeilen! Wo ist das größte Kaufhaus im Ort?«

»Hauptstraße«, sagte ich. »Einfach in den Ort rein, dann kommt es auf der rechten Seite. Was hat du vor. Willst du dir was kaufen?«

»Vielleicht ein paar Snickers«, kicherte Simon.

Aber Kai antwortete nicht.

Er war wieder der große Schweiger.

Als wir das Ortsschild passierten, interessierte sich Kai nicht groß für die Geschwindigkeitsbegrenzung. Mit siebzig Sachen sausten wir durch die Stadt und kamen auf dem Parkplatz hinter dem Kaufhaus zum Stehen.

Im Nu war Kai mit der Tasche aus dem Auto draußen. Erstaunlich schnell mit seiner Schlinge, in der der Arm immer noch steckte.

»Komme gleich wieder!«, rief er uns zu und ging mit eiligen Schritten aufs Kaufhaus zu. In der Linken die Geldtasche und in der Rechten mit überraschender Geschicklichkeit sein Handy.

Ob er gleich wiederkam, interessierte uns nicht. Wir wollten mit von der Partie sein.

»Was'n mit dem plötzlich los?«, fragte Simon. »Los, hinterher. Wir sind Privatdetektive und keine Im-Passat-blöd-Rumsitzer-und-auf-bessere-Zeiten-Warter!«

Als wir aus dem Auto stiegen und Kai ins Kaufhaus folgten, hatte ich so eine Ahnung, dass seine Aufregung was mit dem Fünf-Uhr-Anruf zu tun haben könnte.

Kai orientierte sich an den Hinweistafeln vor der Rolltreppe, aber er schien nicht zu finden, wo-

nach er suchte. Irgendwie instinktiv trieb es ihn aber nach oben.

»Wo willst du denn hin?«, fragte Lara.

Da klingelte mit einem Mal das Handy. Pünktlich um fünf.

Kai drückte mir die Geldtasche in die Arme und nahm das Handy in die andere Hand.

»Ja!«, bellte Kai ins Handy. »Forelle, ja!«

Und dann begann er von den Neuigkeiten zu erzählen. Aber er kam nicht gleich zur Sache. Mit großen blumigen Worten gab er eine Einführung.

Er erzählte von der Flussgegend, wie dicht das Dickicht dort wäre, wie groß das Areal und, und, und ...

»Hört sich an wie die Werbung eines Reisebüros«, kommentierte Simon eine Stufe unter mir leise.

Die Rolltreppe spuckte uns im obersten Stockwerk aus und Kai sah sich suchend um. Am anderen Ende, neben dem Kaufhausrestaurant, war eine Tür mit einem Schild: Nur für Personal.

Genau darauf rauschte Kai zu, das Handy immer noch am Ohr, wir immer hinterher, während Kai redete und redete.

Wie selbstverständlich öffnete er die Tür und wir standen in einem Büro, wo eine Sekretärin am

Fenster saß und den Blick vom Bildschirm ihres Computers nahm.

»Ja, bitte?«

Sehr förmlich und ein wenig abweisend hörte sich das an.

»Zu Herrn Brock bitte!«, sagte Kai beinahe im Flüsterton und hielt sich dabei das Handy an die Brust.

»Brock?«, wunderte ich mich. Und dann kam es mir! Klar, wir waren ja in Brocks Kaufhaus!

Die Sekretärin wurde gleich noch abweisender.

»Haben Sie einen Termin?«, fragte sie. »Und wen darf ich bitte melden?«

Kai hatte keinen Termin und wollte sich auch nicht melden lassen. Und da die Sekretärin mit einem nervösen Seitenblick auf eine Tür verriet, wo Brock wohl saß, wusste Kai, welche Richtung er einschlagen musste.

Das Handy wieder am Ohr ging er mit großen Schritten weiter.

»Und dann war da dieser Mann ...«, sagte er ins Telefon.

»Halt!«, rief hinter ihm die Sekretärin.

Aber da stand Kai schon im Chefzimmer und wir hinter ihm.

»Entschuldigen Sie, ich habe ein wichtiges Tele-

fonat!«, sagte Herr Brock hinter seinem Schreibtisch.

»Ja, ich auch!«, sagte Kai halb ins Telefon und halb ins Zimmer.

Da stutzte Brock, nahm den Hörer ein wenig vom Ohr und sprach nun selber halb ins Telefon und halb ins Zimmer.

»Hallo?«, sagte er zögernd und sah dabei auf mich und die Tasche, die ich in der Hand hatte.

Hinter uns erschien die Sekretärin in der Tür.

»Herr Brock, der Herr hier und die Kinder, die sind einfach ...«

»Ja, ja, schon gut, Frau Döbel!«, sagte Herr Brock über unsere Köpfe hinweg. »Ist in Ordnung. Schließen Sie doch bitte wieder die Tür.«

Und da kapierte ich es. Und Simon und Lara kapierten es auch.

Brock war Forelle. Forelle war Brock.

Er stand auf und kam zu uns herüber, die Augen immer noch auf die schmutzige gelbe Tasche geheftet.

»Er hat es also gefunden?!«, stellte er fest. »Und Sie haben es ihm abgenommen?«

»Diese drei hier haben es gefunden!«, sagte Kai. »Die kennen die Gegend.«

»Und der Verdächtige?«, fragte Brock.

»Sie meinen Peter Bichel?«

Brock alias Forelle machte ein überraschtes Gesicht. »Sie kennen ihn?«

»Der ist verschwunden!«, antwortete Simon. »Zusammen mit den Fotoapparaten und Peter Pappmaché und Ferdinand Frosch!«

Brock legte seinen Kopf schief und fragte: »Noch ein Peter?«

»Peter Pappmaché!«, erklärte Lara wie eine Lehrerin einem begriffsstutzigen Kind. »Den hat der Löchergräber geklaut, als Geisel. Und den soll er gefälligst wieder hergeben!«

Da Brock natürlich nicht kapierte, erzählte Kai ihm jetzt die Geschichte, wie sie sich zugetragen hatte.

Aber Brock hörte nur mit halbem Ohr zu. Er hatte sich von mir die Tasche geschnappt, um sie genauer unter die Lupe zu nehmen. Und er stellte fest, dass mit dem Geld nicht mehr viel anzufangen war.

»Schade um das schöne Geld!«, sagte er und wühlte weiter in der Tasche herum.

Er wirkte nachdenklich und für einen Augenblick herrschte in seinem Büro eine gespenstische Stille. »Auf der anderen Seite gar nicht mal so schlecht«, fuhr er dann mit einem Grinsen fort. »Das Geld löst das Problem von allein, indem es sich einfach auflöst.«

»Finde ich nicht«, sagte Simon frech. »Ich finde, aufgelöstes Geld schafft Probleme. Nämlich dadurch, dass es nicht mehr da ist. Und mit dem aufgelösten Geld ist auch der DVD-Player nicht da.«

»Haben Sie das Geld damals gestohlen?«, fragte Lara jetzt neugierig. »Als Sie bei der Putzfirma gearbeitet haben?«

Sofort erstarb das Grinsen auf Brocks Gesicht. »Bist du noch zu retten?«, fuhr er Lara zornig an. »Wie kommst du denn auf so eine absurde Idee!?«

Und dann an Kai in einem unmissverständlichen Tonfall: »Nun, die Zusammenarbeit ist jetzt beendet! Der Fall ist abgeschlossen.«

Dann ging er um seinen Schreibtisch, setzte sich und stellte die Tasche neben sich auf den Boden. Aus einer der Schubladen zog er einen kleinen Block hervor.

Auf die oberste Seite kritzelte er ein paar Wörter und Zahlen, riss die Seite ab und reichte sie Kai über den Schreibtisch.

»Hier. Das restliche Honorar«, sagte er und wedelte mit dem Scheck. »Sie waren nie da. Wir haben uns nie gesehen. Und ich weiß nicht, was Sie veranlasst hat hier bei mir mit einer Kinderschar anzutanzen. Aber ein falsches Wort an die Öffentlichkeit und ich werde Ihnen ein Leben lang Feuer

unterm Dach machen. Machen Sie das den Kindern klar. Leben Sie wohl! Und schließen Sie die Tür hinter sich.«

Mit langsamen Schritten ging Kai zum Schreibtisch und nahm den Scheck in Empfang, machte aber keine Anstalten zu gehen.

»Noch nicht ganz erledigt«, sagte er und klang dabei richtig entschlossen, beinahe gefährlich. »Ihr Freund Bichel hat mir die Fotoausrüstung und meine Bastelarbeiten gestohlen und diese Sachen hätte ich gerne wieder!«

Brock lehnte sich mit einem arroganten Lächeln in seinen Schreibtischstuhl zurück.

»Und was habe ich damit zu tun?«

»Nun ja«, sagte Kai. »Ich fürchte, ich muss die Tasche wieder mitnehmen. Bichel wird eine Übergabe verlangen. Dieses Geld hier gegen meine Fotosachen.«

»Kommt nicht in Frage!«, sagte Brock mit aller Entschiedenheit. »Die Tasche ist aus dem Verkehr gezogen. Und so bleibt es.«

Das saß. Und ich merkte, wie Kai ein kleines Stück kleiner wurde.

Doch klein beigeben, das durfte er jetzt nicht.

»Aber Peter Pappmaché!«, empörte sich Lara.

Brock schwieg und zog nur arrogant seine Augenbrauen nach oben.

»Sie können sich doch denken«, begann Kai, »was passiert, wenn Sie sich weigern mir die Tasche wieder mitzugeben …«

»Kann ich nicht.«

»Nein?«

»Nein!«

»Hmmm«, machte da Kai. »Schade.«

Er guckte uns ratlos an, als wäre er mit seinem Latein am Ende. Kai gab ein trauriges Bild ab. Gerade noch so einen forschen Auftritt mit seinem Handy gehabt und jetzt so was.

Ich merkte, dass was geschehen musste, und zwar schnell, sonst wäre hier ziemlich schnell die Luft raus und wir würden ohne Tasche abziehen.

Frechheit siegt, dachte ich und sagte: »Wir wissen, dass Sie damals zusammen mit Peter Bichel beim Putz-Meier gejobbt haben. Als Sie zu wenig Geld bekommen haben, was beim Putz-Meier ja normal war, haben Sie kurzerhand die Tasche mit den Lohngeldern gestohlen …«

»Genau!«, fiel mir Lara ins Wort. »Und dann ist Ihnen die Sache zu heiß geworden und Sie haben die Beute vergraben. Und da lag sie die ganzen Jahre!«

»Und Ihr Freund, der Peter Bichel«, schaltete sich jetzt auch noch Simon ein, »der will das Geld jetzt. Keine Ahnung, warum. Vielleicht wegen der

Euroumstellung, Verjährung oder aus einem anderen Grund.«

Der Brock machte nur noch große Augen und staunte, und Kai sagte jetzt auch etwas:

»Ja, so wird es wohl gewesen sein. Sie brauchen das Geld nicht, aber ihr Freund von damals, der Peter Bichel, braucht es. Vielleicht ist er in Geldnot. Hat Ihnen vielleicht von seinen Plänen erzählt, aber Sie wollten da nicht mitmachen, weil Sie auf das Geld nicht angewiesen sind. Aber Sie wollten sich Gewissheit verschaffen, ob Peter Bichel das Geld tatsächlich sucht. Selber wollten Sie sich nicht in der Flussgegend herumtreiben zum Observieren. So haben Sie kurzerhand mich engagiert. Und jetzt sind die Dinge ein wenig anders gelaufen und ich brauche meine Fotoausrüstung wieder und meine Bastelarbeiten.«

Brock hörte sich das alles an und verzog dabei keine Miene.

»Und warum bringen Sie mir die Tasche erst?«, fragte er. »Warum machen Sie die Übergabe nicht gleich mit Bichel direkt?«

»Ich wollte meinen Auftrag bei Ihnen zu Ende bringen. Und ich wollte mir Ihrer Unterstützung sicher sein, wenn mit Bichel was schief laufen sollte.«

Brock saß unverändert mit ernstem Gesicht an seinem Schreibtisch.

Wieder Schweigen, draußen hörte man Brocks Sekretärin telefonieren.

Dann fing Brock mit einem Mal an zu lachen. Schmunzelte erst gekünstelt, um dann ebenso unecht laut loszulachen.

»Tolle Fantasie!«, sagte er und schüttelte den Kopf. »Ich finde ja, so viel Fantasie muss eigentlich belohnt werden.«

Er griff neben sich nach der Tasche und stellte sie auf den Tisch.

»Bitte schön! Mit dem Geld ist sowieso nichts mehr anzufangen. Und wenn es euch hilft Bibi Blocksberg wiederzubekommen . . .«

»Peter Pappmaché«, korrigierte Lara.

Brock stand hinter seinem Schreibtisch auf und aus seinem Gesicht war nun wieder alle Freundlichkeit verschwunden.

»Wenn mir zu Ohren kommt, dass ihr eure haltlosen Verdächtigungen verbreiten solltet, bekommt ihr eine Menge Schwierigkeiten. Es gibt nicht den Hauch eines Beweises. Haben wir uns verstanden?«

Kai nickte nur und ich war froh, dass ich endlich aus Brocks Büro wieder rauskam.

11

Am nächsten Tag saßen wir am Ecktisch im Bella Sardegna. Lara hatte uns gleich nach der Schule telefonisch zusammengetrommelt.

»Hat gestern Abend auf einem der Tische gelegen!«, sagte sie und wedelte mit einem Briefkuvert. »Keine Ahnung, wie das da hingekommen ist.«

Auf dem Umschlag stand: »Für die Kinder und den Dicken mit der Armschlaufe.«

»Den Dicken mit der Armschlaufe!«, empörte sich Kai. »Frechheit!«

»Und? Was steht drin?«, drängte Simon und angelte mit einer Hand ungeduldig nach dem Brief.

»Keine Ahnung«, sagte Lara und drückte ihn

sich an die Brust. »Noch nicht reingeschaut. Hab extra auf euch gewartet, nett, wie ich bin.«

Dann öffnete sie ihn feierlich und las:

»Morgen Nachmittag um fünf Uhr an der Flusskurve! Geld gegen Fotokoffer und Bastelfiguren.«

»Und gestern lag der Brief schon da?«, fragte ich.

»Ja!«

»Dann wäre das ja heute«, stellte Simon logisch fest und sah auf seine Armbanduhr. »Heute soll die Übergabe sein. In einer halben Stunde!«

»Schlaues Kerlchen«, sagte Lara.

»Dann nichts wie los!«, drängte Kai. »Der Dicke mit der Armschlaufe will seine Fotoausrüstung wiederhaben!«

Im Auto wollte Lara die Strategie besprechen, wie denn die Geldübergabe funktionieren sollte.

»Quatsch, Strategie«, nölte Simon. »Tasche geben, Fotokoffer und Bastelfiguren nehmen. Basta. Das ist alles.«

Und er wollte den ersten Gang einlegen, als ihn Kai zurückhielt.

»Lass mich mal versuchen«, sagte er und schob mit seiner rechten Hand den Schaltknüppel nach vorne.

»Hey, es geht wieder!«, rief er freudig aus. »Es tut gar nicht weh.«

»Schade, dann bin ich ja überflüssig«, stellte

Simon mit gespielter Trauer fest und sackte tiefer in den Beifahrersitz, während Kai vom Parkplatz fuhr.

»Und was, wenn er merkt, dass das meiste Geld in der Tasche verfault ist?«, fragte ich.

Kaum waren wir losgefahren, bremste Kai auch schon wieder.

»Ihr habt Recht!«

»Womit?«, fragte Lara.

»Es ist zu gefährlich.«

»Von gefährlich hat keiner was gesagt.«

»Trotzdem. Wer weiß, wie der Bichel drauf ist. Immerhin hatte er gestern ein Messer. Ich glaube, ich fahre da alleine hin.«

»Kommt nicht in Frage!«, tönte da Simon. »Wir begleiten dich. Ohne uns bist du aufgeschmissen.«

Da gab Kai wieder Gas.

»Aber ihr haltet euch zurück und bleibt im Hintergrund. Versprochen? Schließlich fühle ich mich verantwortlich für euch.«

»Wenn du meinst!«, beruhigte Lara ihn.

»Aber Luis hat Recht!«, sagte Kai jetzt noch einmal. »Was, wenn er merkt, dass das meiste Geld verfault ist?«

»Mit dem Risiko müssen wir leben!«, stellte Simon cool fest. »Können nur hoffen, dass er sich

bei der Übergabe mit einem flüchtigen Blick in die Tasche zufrieden gibt. Obenauf sind die Geldscheine ja alle in Ordnung.«

Doch je näher wir der Flussau kamen, umso nervöser wurden wir. Zumindest Lara und ich hinten. Vorne mimte Simon weiter den Lässigen und sah gut gelaunt aus dem Fenster.

Um kurz vor fünf erreichten wir den Rand des Dschungels und begannen mit dem Warten.

Aber lange brauchten wir nicht zu warten, denn mit einem Mal stand er vor uns.

Der Löchergräber.

Der Reifenstecher.

Der Bastelfigurenkidnapper.

Peter Bichel.

Trat aus dem Dschungel und hatte den Fotokoffer in der rechten Hand.

»Wo ist das Geld?«, fragte er auch schon und gab sich mit einem verstohlenen Blick auf die halb geöffnete gelbe Tasche in Simons Händen selber die Antwort.

»Wo sind Peter Pappmaché und Ferdinand Frosch?«, fragte Lara zurück.

»Im Koffer«, antwortete Bichel.

»Da ist doch gar kein Platz drinnen. Da werden die doch zerdrückt!«, sagte Kai.

»Gib mir die Tasche!«, sagte Bichel an Simon gewandt. Er war unruhig und offensichtlich in Eile. Er warf gehetzte Blicke um sich, als vermutete er irgendwo die Polizei oder sonst jemanden auf der Lauer.

Er machte ein paar Schritte auf Simon zu und hielt ihm den Fotokoffer entgegen, streckte gleichzeitig seine freie Hand nach der Geldtasche aus.

»Halt, halt!«, rief da Kai. »Simon, wir haben doch besprochen, dass ihr . . .«

»Was habt ihr besprochen?«, schrie da Bichel dazwischen. »Wollt ihr irgendwelche Zicken machen oder was?«

Und er riss Simon die Tasche aus den Händen. Gleichzeitig knallte er ihm den Fotokoffer vor die Füße.

Das ging alles ganz schnell. Kai, Lara und ich waren ungefähr sechs Meter von den beiden entfernt. Und als wir mit schnellen Schritten näher kamen, machte sich Bichel schon wieder aus dem Staub. Er nahm sich nicht einmal die Zeit für einen flüchtigen Blick in die Tasche.

Zu meiner Verwunderung wählte er den Weg durch den Fluss. Mit großen, eiligen Schritten stakste er durchs Wasser. Ohne sich die Schuhe ausgezogen zu haben und die Geldtasche mit beiden Händen umklammert.

Kai hatte unterdessen seinen Fotokoffer geöffnet und brachte enttäuscht Peter Pappmaché ans Tageslicht.

»Seht ihn euch an!«, seufzte er und hielt ihn uns unter die Nase. »Er ist total zerdrückt worden. Den kann ich so nicht mehr fotografieren.«

Dann noch ein Blick in den Koffer.

»Wenigstens ist die Ausrüstung komplett!«

Bichel hatte in der Zwischenzeit die Insel überquert und begann gleich drauf den Fluss auf der anderen Seite zu durchwaten.

Am anderen Ufer hangelte er sich auf den Felsen hoch.

Die Sohlen seiner Schuhe waren jetzt nass und glitschig. Zu glitschig, um sich mit kraftvollen Schritten auf dem Felsen fortzubewegen. Plötzlich sahen wir Bichel mit komischen Verrenkungen auf dem Felsen einen lustigen Tanz aufführen. Aber er selber sah dabei nicht besonders lustig aus.

Mir war klar, dass er sein Gleichgewicht suchte. Er fand es nur nicht mehr. Die glitschigen Schuhsohlen ließen es nicht zu.

»Gleich macht's ›Platsch‹!«, rief Simon.

Die Tasche immer noch in festem Griff fiel Bichel nach hinten und stürzte ins Wasser.

Und es machte ›Platsch‹.

Genau an der Stelle, wo die Strömung am stärksten war.

»Der ist ins Wasser gefallen!«, schrie Lara. »Und kommt nicht mehr hoch.«

Das stimmte.

Jedenfalls sah es für Sekunden so aus, als hätte ihn der Fluss verschluckt.

Aber dann tauchte Bichel doch wieder auf. Ein paar Meter flussabwärts klatschte er mit seinen Händen unbeholfen im Wasser herum. Es sah sehr merkwürdig aus. Und es dauerte eine Weile, bis ich begriff, dass er die Geldscheine einsammeln wollte, die um ihn herum verstreut schwammen.

Die Tasche selber wurde von der Strömung fortgetragen und tanzte auf dem Wasser, als wollte sie zum Abschied winken.

Ein ganzes Stück flussabwärts robbte Bichel an Land. Er befand sich nun wieder auf unserer Uferseite, war klitschnass und riss sich voller Wut das Hemd vom Oberkörper.

Nicht mehr als drei, vier Scheine hielt er in den Händen.

»Verfluchter Mist!«, hörten wir ihn von ferne.

Bichel rührte sich nicht. Er ignorierte unsere Schritte, die sich ihm über den groben Kies näher-

ten. Es war, als wäre mit dem Verlust der Tasche alles Leben aus ihm gewichen.

»Herr Bichel!«, rief Lara.

»Lasst mich doch in Ruhe!«, brauste er plötzlich auf. »Das ganze Geld ist weg. Es war die letzte Rettung für mich. Wer seid ihr überhaupt? Was wolltet ihr mit meiner Tasche? Hat euch Brock geschickt oder was?«

Von dem bedrohlichen Bichel mit dem riesigen Messer war nicht mehr viel übrig geblieben. Es sah nicht danach aus, als würde von ihm noch Gefahr ausgehen.

»Und jetzt?«, fragte Lara an uns gewandt.

Da beugte sich Simon zu Kai hinüber und flüsterte ihm was zu und Kais Miene erhellte sich und er nickte ein paar Mal.

Wenig später saßen wir alle im Passat. Bichel auf dem Beifahrersitz, mit seinen klitschnassen Kleidern in eine Decke gewickelt, und wir drei hinten.

»Es ist alles vorbei!«, murmelte er mehrmals hintereinander und schüttelte immer wieder den Kopf. »Es ist alles vorbei!«

Und dann sagte er noch mehr. Dass er am Rande des Ruins stehen würde. Dass er Schulden gemacht hätte, die er nicht abbezahlen konnte. Und dass ihm seine Arbeit gekündigt wurde und er das Geld so dringend bräuchte.

»Aber das Geld war so gut wie unbrauchbar«, sagte Simon. »Vollkommen verfault. Hätten Sie nichts mit anfangen können! Nur die oberen Scheine sahen brauchbar aus.«

Wir fuhren los und ich fragte Simon, wohin denn die Reise ging.

»Wart's ab«, sagte er nur.

Als wir fünf Minuten später auf einen Parkplatz fuhren, war mir klar, dass wir vor Brocks Kaufhaus gelandet waren.

»Wo sind wir?«, fragte Bichel und zog sich die Decke enger um den Hals.

»Auf dem Kaufhausparkplatz«, sagte Kai.

»Das sehe ich!«, sagte Bichel. »Was wollen wir hier?«

»Ich muss kurz was besorgen!«, sagte Simon und stieg aus dem Wagen. »Bin gleich wieder da.«

Und er verschwand im Kaufhaus, während Lara und ich uns fragende Blicke zuwarfen.

Augenblicke später kam Simon wieder aus dem Kaufhaus, gefolgt von Brock.

»Was soll der Quatsch!«, brüllte Bichel gleich aus dem Auto heraus, sobald er Brock erblickte. »Was macht der denn hier!?«

Die Autotür flog auf und Bichel machte sich in die Decke gehüllt mit großen Schritten davon.

»Peter! So warte doch!«

Brock rannte ihm hinterher und packte ihn am Arm.

»Lass mich los!«, fauchte Bichel ihn an und befreite sich aus seinem Griff. »Was willst du?«

»Peter! Lass doch mit dir reden!«

»Was gibt es denn zu bereden!«, zischte Bichel.

»Vielleicht nicht hier.« Brock dämpfte plötzlich seine Stimme. »Komm doch mit in mein Büro!«

»Du wolltest nicht, dass ich das Geld ausgrabe«, sagte Bichel und bewegte sich nicht mehr vom Fleck. »Das weiß ich sehr gut. Hattest Angst, dass es deinem Ruf schadet, wenn mit dem Geld vielleicht die alte Geschichte an die Oberfläche kommt, stimmt's? Aber ich brauche Geld, sonst kann ich meine Schulden nicht bezahlen. Du kennst diese Probleme nicht. Du bist fein raus mit deinem Kaufhaus. Ich hatte nicht so viel Glück im Leben!«

»Ich hätte dir helfen können!«, sagte Brock.

»Danke, aber ich brauch keine Almosen, wenn es Geld gibt, das mir zusteht. Aber was reden wir noch groß darüber. Das Geld ist weg. Und ich bin ruiniert!«

»Mensch Peter!«, versuchte es Brock wieder in einem versöhnlicheren Tonfall. »Das Geld war sowieso verfault. Jetzt komm doch mal mit in mein Büro. Da können wir über alles in Ruhe sprechen.

Muss ja nicht hier in aller Öffentlichkeit geschehen.«

Brock und Bichel, wie sie da auf dem Parkplatzgelände standen, waren ein seltsames Gespann. Brock im feinen Anzug und Bichel wie ein Schiffbrüchiger in die Decke gehüllt. Unter ihm auf dem Asphalt ein nasser Fleck, der allmählich größer wurde.

»Was soll ich denn in deinem Büro?«, fragte Bichel.

»Erst mal musst du in trockene Kleider kommen!«, sagte Brock.

Und dann verschwanden sie tatsächlich zusammen hinter der Glastür des Kaufhauses.

Der Fall war für uns abgeschlossen, trotzdem landeten wir am nächsten Nachmittag zusammen mit Kai wieder in Brocks Kaufhaus. Diesmal durchstöberten wir die Schreibwarenabteilung auf der Suche nach geeignetem Bastelmaterial. Der zerquetschte Peter Pappmaché musste ersetzt werden und Lara meinte, dass das kein Problem wäre, ihn noch einmal zu basteln. Wir bräuchten nur Kleber, Farbe und ein paar alte Zeitungen.

Wir standen vor einer Auswahl von verschiedenen Farben, als wir eine Stimme hinter uns hörten.

»Kann ich Ihnen helfen?«

»Nun ja«, sagte Kai. »Wir suchen ein paar...« Und da erstarb seine Stimme. Er hatte sich umgedreht und sah nun Bichel in die Augen.

»Ah, guten Tag«, sagte Kai.

Peter Bichel war frisch rasiert und steckte in einem hellgrauen, nagelneuen Anzug. Ein Namensschildchen auf der rechten Brustseite identifizierte ihn als Angestellten des Kaufhauses.

»Arbeiten Sie jetzt hier?«, fragte Lara.

Bichel grinste uns an und nickte.

»Ja«, sagte er. »Mein alter Freund Brock hat mir ein Angebot gemacht, das ich nicht ausschlagen konnte. Und so bin ich jetzt hier gelandet und Verkäufer geworden. Wenigstens eine Zeit lang, bis ich meine Schulden abbezahlt habe.«

»Nicht schlecht«, sagte Simon. »Dann kriegen wir bei Ihnen vielleicht Prozente? Zum Beispiel interessiere ich mich für einen DVD-Player und eine elektrische Zahnbürste mit Kopfhörer. Wie wär's denn so mit neunzig Prozent Ermäßigung?«

Bichel musste grinsen und strich Simon durchs Haar.

»Das würde dir gefallen, wie?«, sagte er.

»Ja«, sagte Simon und musste ebenfalls grinsen. »Das würde mir gefallen!«

Dann verkaufte Bichel uns den Kleber und die

Farben. Damit gingen wir ins Bella Sardegna und setzten uns an einen der Gartentische.

Ein paar alte Zeitungen und zwei Pizzakartons besorgten wir uns noch als Material, dann begannen wir einen neuen Peter Pappmaché zu basteln.

Und Kai erzählte davon, dass er am nächsten Tag schon abreisen wollte. Aber er würde wiederkommen, das versprach er uns. Schließlich hatte die Detektei KAI-leidoskop gut funktioniert und, wer weiß, vielleicht würde sich ja wieder mal etwas ergeben. Und dann schob er jedem von uns einen Zwanzig-Euro-Schein über den Tisch. »Hier, euer Honorar für die gute Zusammenarbeit«, sagte er. »Oder ein Vorschuss auf den nächsten Fall.«

Während ich über den Zwanzigeuroschein vor mir noch staunte, schnappte sich Simon Laras und meinen mit flinken Fingern. »Die brauch ich«, sagte er. »Falls es mit dem Rabatt bei Bichel nichts werden sollte. So eine elektrische Zahnbürste mit Kopfhörer kostet schließlich einiges.«

Da hatte er sich auch schon eine Kopfnuss von Lara eingehandelt.